개
를
잃
다

개를 잃다

반려동물과 이별할 때 준비해야 하는 것들

엘리 H. 라딩어 지음
신동화 옮김

한뼘책방

차례

* 각주는 옮긴이가 달았습니다.

1. 안녕, 레이디

부활절 일요일

나는 컴퓨터 앞에 앉아 있다. 찬란하게 아름다운 부활절 아침이고 파란 하늘에 양털 구름이 몇 조각 떠 있다. 저 멀리 지평선에서 어두운 구름들이 나타난다. 내 옆에서 가볍게 헐떡거리는 소리가 들린다. 레이디다. 레이디는 잠에서 깨어나면 곧장 펄쩍 뛰어올라 산책을 가자고 조를 것이다. 우리는 차를 타고 가까운 곳에 있는 작은 호수로 갈 것이다. 그곳에서 나는 레이디를 위해 작은 막대기를 물속으로 던질 것이고, 그러면 레이디는 물속으로 펄쩍 뛰어들어 막대기를 물어 올 것이고 이로써 래브라도 조상들의 명예를 한껏 빛낼 것이다. 긴 산책이 끝나면

나는 레이디의 몸을 수건으로 문질러 말려주고 그 젖은
털 속에 내 코를 파묻을 것이다. 나는 젖은 개의 냄새를
좋아한다. 이 세상 어떤 향수도 그보다 향기로울 수가 없
다. 그러고나서 우리는 차를 타고 집에 올 것이며 어딘가
에 기분 좋게 몸을 묻고 좋은 하루를 보낼 것이다.

　나는 우리의 부활절 일요일이 그럴 수 있기를 바랐다.
지난 15년 동안 그래왔으니까. 하지만 현실은 다르다. 레
이디는 조용히 잠들어 있다. 적어도 이 순간에는. 레이디
는 진정제 한 알을 먹었고 또 구역질을 막아주는 약도 한
알 먹었다. 여기에 더해 정량의 심장약과 탈수약도 먹었
다. 최고 한도량의 메타캄도. 메타캄은 퇴행성 관절염으
로 인한 염증과 통증을 이겨내는 데 도움이 된다. 나는 이
짧은 시간의 평온에 감사한다. 레이디도 나도 평온하다.
이 시간이 얼마나 지속될지 모르겠다. 곧 레이디가 다시
깨어나 안절부절못하며 집 안을 돌아다닐 것이다. 다리
를 덜덜 떨면서. 왜냐하면 근육이 벌써 약해졌으니까. 귀
를 축 늘어뜨리고 꼬리를 다리 사이에 넣은 채로. 왜냐하
면 모든 게 힘드니까. 레이디가 헉헉거리면서 커다란 갈
색 눈으로 나를 바라본다. 나는 레이디를 품에 안고 진정

시키려 노력한다. 대개 레이디는 금방 다시 몸을 빼서 더 멀리 왔다 갔다 하고, 문을 통해 마당으로 나가고 싶어한다. 하지만 마당에서도 불안과 아픔 탓에 가만있지 못하고 몇 시간이고 집 주위를 맴돈다. 그러면 나는 다음 1회분 알약을 주고 레이디가 안정을 되찾기를 바란다.

이런 불안한 상황에서 내 가슴은 찢어질 듯 아프다. 레이디를 돕고 싶지만 도울 수 없기 때문이다. 최근에 찾아 갔을 때 수의사는 이렇게 말했다. "부디 이번 부활절은 작년처럼 나쁘지 않았으면 해요." 지난해 그녀는 하필 부활절 기간 동안 계속해서 동물들을 안락사시켜야 했다. 나는 그녀에게 그런 수고를 끼치고 싶지 않으면서도 동시에 이런 걸 신경 쓰는 나 자신에게 화가 났다. 대관절 내가 어떻게 동물의 죽음을 미리 계획할 수 있단 말인가? "화요일 낮 12시에서 2시 사이가 딱이지" 하고.

그렇다, 죽음이 우리 집 문 앞에 와 있다. 그리고 나는 준비가 되어 있다. 적어도 우리가 가장 사랑하는 것을 떠나보내야만 할 때 준비할 수 있는 만큼은 다 갖췄다. 내게는 준비할 시간이 있었다. 레이디의 나이를 볼 때 엄연한 일인데도 나는 오래도록 그것을 인정하려 들지 않았다.

대형 순종견이 열다섯 살이면 늙은 것이다. 하지만 늘 예외는 있어왔고 많은 개들은 열여섯, 열일곱, 심지어 열여덟 살이 되기도 한다. 늘 지하실이나 마당에서 줄에 묶여 살았던 이웃집 개처럼. 삶은 공평하지 않다.

나는 준비가 필요하다는 것을 느낌으로 알고 있었다. 머리로 이해하기 훨씬 더 오래전부터. 나는 이미 작년 말부터 뚜렷한 이유 없이 죽음에 몰입해왔다. 나는 엘리자베스 퀴블러로스가 죽어감에 대해 쓴 너무도 좋은 책들을 읽는다. 1월부터는 우리 지역 호스피스의 전화번호를 주머니 속에 넣고 다닌다. 예전부터 나는 그곳에 자원봉사자로 지원할 생각이었다. 나는 오래전부터 옐로스톤에서 늑대를 관찰하고 그에 관해 책을 쓴다. 그런데 지난겨울 그곳에 갔을 때 여러 차례 죽음과 마주쳤다. 그 어느 때보다 더 자주. 내가 지내던 통나무집의 이웃에는 사냥꾼이 살고 있었고 나는 바로 근처에서 죽은 동물들을 발견했다. 나는 공원에서 동물들이 죽는 모습을 보았다. 자연적이고 빠른 방법, 그러니까 맹수에게 뜯겨 죽는 것이 아니라, 혼자서 굉장히 고통스럽게 죽는 모습을 말이다. 한 어미 들소가 조그만 송아지와 함께 얼어붙은 호수 속에 빠졌다. 둘은 더는 제힘으로 빠져나오지 못했다. 며칠 동안 나는 그 고독하고 고통스럽기 그지없는 죽음의 과정을 관찰했다. 먼저 어미가 익사했다. 덕분에 송아지는 더 오래 목숨을 부지할 수 있었다. 죽은 어미의 몸을 딛고 서 있으면서 살아남은 것이다. 하지만 송아지는 얼음 구멍에서 빠져나오지 못했다. 나는 공원 관리인들에게 이야기를 했고 더딘 죽음으로부터 송아지를 구원해달라고 간절히 부탁했다. 그러나 관리인들은 내 마음을 전혀 알아주지 않았고 그게 바로 '자연'이라고 말할 뿐이었다. 그때 나는 미처 예감하지 못했다. 한 동물을 '구원'해주는 일이 곧 나의 의무가 되리라는 사실을…….

나는 집으로 돌아왔고, 항상 아주 가깝게 지내던 내 첫 남편이 갑자기 죽었다는 소식을 들었다. 그리고 마지막으로, 미국에서 친구가 보낸 메일을 받았는데 자기에게 암이 재발했고 암세포가 이미 퍼졌다는 내용이었다. 나는 말 그대로 죽음에 둘러싸여 있었다.

이미 오래전부터 나는 죽음에 대해 대부분의 사람들과는 다른 입장을 가지고 있다. 나는 지적으로 그리고 영적으로 죽음을 분석하고 이해하고 소화했다. 첫 번째 반려견이 죽었을 때, 그리고 할아버지가 임종하는 자리에 있었을 때는 심지어 죽음을 환영했다. 그것은 비록 슬프긴 하나 아주 특별하고, 굉장히 아름다운 변화의 순간이었다. 나는 레이디의 죽음에도 대비를 했다. 작년 늦가을에 이미 어떤 예감에 사로잡혀 레이디를 위해 마당에 깊은 무덤을 팠다. 레이디가 좋아하는 물과 가까이에 있도록 연못 바로 옆에 자리를 잡았다. 나는 한겨울 혹한이 닥쳤을 때 레이디가 내게서 떠날 경우를 대비하고 싶었다. 내가 다시 한 번 미국에 가고 레이디가 부모님 집에서 지내는 동안에 죽을 경우를 대비하고 싶었다. 내가 무덤을 파는 동안 레이디는 옆에 누워 그 모습을 지켜보았다. 나는 레이디가 그 자리를 마음에 들어했다고 믿는다.

지난 몇 주 동안 레이디의 상태가 확연히 악화되어갔을 때 나는 개의 죽음에 관한 정보도 열심히 알아봤다. 수많은 책을 읽었고 마찬가지로 개를 잃은 친구들과 이야기를 나눴다. 레이디를 데리고 수의사도 찾아갔다. 우리는 레이디를 안락사시켜야 하는 상황이 왔을 때 어떻게 대처할지 상의했다. 혈액 검사 결과 레이디의 신장이 말을 듣지 않기 시작했음을 알 수 있었다. 수치가 세 배 높아져 있었다. 레이디는 모든 면에서 신부전의 징후를 보였다. 엄청난 양의 물을 마셨고 소변 색이 매우 밝았다. 레이디의 몸이 더 이상 독소를 분리해내지 못한다는 뜻이었다. 레이디의 장은 벌써 몇 달 전부터 통제를 벗어나 제멋대로였다. 덕분에 이제 나는 편히 살 수가 없었다. 게다가 최근에는 평형감각에도 문제가 생겼다. 책에서 읽은 것처럼 이 역시 신부전의 징후일 수 있었다. 이제는 거기에 구역질 증세가 덧붙었다.

　나는 레이디를 보내줄 때가 되었음을 머리로는 안다. 하지만 현실은 다르다. 이제 모든 준비는 망각된다. 그리고 내 심장이 자리한 곳을 지배하는 것은 그저 순전한 아픔, 날것 그대로의 아픔뿐이다. 나는 마지막 희망의 불꽃에 매달린다. 레이디가 지금처럼 잠들어서 평온하게 숨을 쉴 때면 늘 바란다. 불안이 일시적인 상태였기를, 그리고 레이디가 다시 회복되기를. 그리고 또 바란다. 레이디가 깊은 잠에 빠진 채로 무지개다리 너머 저세상으로 스르르 건너가기를. 하지만 뜻처럼 되지 않는다. 약 15년 전에 미국의 어느 동물 보호소에서 레이디를 데려와 책임지게 되었을 때처럼, 이제 운명은 나에게 마지막 책임을 질 것을 요구한다. 레이디를 놓아주라고, 집으로 가도록 도와주라고 말이다. 나는 신을 원망하며 시간을 더 달라고 청한다. "딱 여름까지만" "딱 며칠만" 급기야는 "딱 하룻밤만" 하고. 어쩌면 시간을 좀 벌 수 있을지도 모른다. 분명 레이디는 나를 생각하는 마음에서 내게 며칠 더 시간을 선사할 용의가 있을 것이다. 비록 자기는 필시 고통스럽겠지만 말이다. 그러나 레이디에게 그런 고통을 주어선 안 된다. 동물 보호소에서 레이디를 집으로 데려왔을 때 레이디에게 약속했다. 늘 너를 위하겠노라고. 이제 내 약속을 지킬 날이 왔다.

부활절 월요일

레이디는 좋은 날보다 나쁜 날이 많아지는 시점에 이르렀다. 나는 이제 나 자신을 생각해선 안 되고 레이디를 생각해야만 한다. 레이디는 온종일 녹초가 되어 잠을 자다가 밤에는 일어나 이리저리 돌아다닌다. 안정을 찾을 수 없기 때문이다. 심장 문제가 불안 상태도 유발한 것 같다. 자꾸만 내 곁을 찾는다. 나는 레이디를 품에 안고 다독여준다. 지금껏 도움이 되었던 약들을 전부 줘보지만 이제는 아무런 효과가 없다. 나는 육체적으로 완전히 지쳐 있다. 나는 소파 위에서 레이디를 옆에 두고 잔다. 가끔은 레이디와 함께 바닥에서 자기도 한다. 그러면서 레이디를 쓰다듬어준다. 레이디가 잠깐 잠들 때면 나는 살그머니 침대로 들어간다. 조금 후 레이디가 침대 앞에 서서 헉헉거리며 도움을 청하는 눈빛으로 나를 바라본다. 레이디의 꼬리는 다리 사이에 끼워져 있고 입가는 뒤로 끌어당겨져 있다. 레이디가 아파한다는 것, 레이디의 상태가 나쁘다는 것을 나는 안다. 오후까지만 해도 나와 함께 놀고 잠시 동안 이리저리 점프하고 짧게 산책도 했는데. 이제 레이디는 집에서 더 자주 비틀댄다. 다리를 잘 가누지 못한다. 얼마 전부터는 이따금 갑작스러운 경련이 레이디의 몸을 훑고 지나가는 듯하다. 그러고나서 레이디는 다시 잠을 자고, 나는 그래도 모든 게 좋아질지도 모른다고 희망을 품는다.

이날 밤 상태가 나빠진다. 레이디는 무겁게 숨을 쉬고 자꾸만 나를 바라본다. 나는 더는 참지 못하고 수화기를 집어 든다. 다니는 동물병원에 전화를 건다. 자동 응답기가 공휴일에도 문을 여는 동물병원의 번호를 알려준다.

지금은 부활절 기간이다. 낯선 수의사에게 레이디를 안락사시키는 일을 맡기고 싶지는 않다. 나와 주치 수의사는 지금까지 굉장히 잘 협력해왔다. 그녀는 때가 되면 직접 와서 도움을 주겠다고 약속했다. 그런 까닭에 나는 레이디에게 오늘 밤만 더 버텨달라고 간청한다. 이렇게 더 아프게 해서 미안하다며 용서를 빈다. 두 번 다시 이런 밤을 겪을 일은 절대 없다고 약속한다. 레이디가 서서히 조용해지더니 잠이 든다. 나도 완전히 지친 나머지 몇 시간 동안 잠을 잔다.

화요일, 작별

아침에 레이디는 푹 잠들어 있다. 나는 내가 더 기다릴 수 있는지 스스로에게 묻는다. 3주 후에 일 때문에 14일 동안 외국에 나갈 일이 있다. 그 이후가 어쩌면 작별하기에 '더 나은' 시간일지 모른다. 레이디가 그때까지 버텨준다면…….

나는 생각한다. 그리 되면 레이디는 부모님 집에 있게 될 것이다. 레이디는 그곳에서 지내는 것을 몹시 좋아한다. 그런데 만일 그곳에서 레이디의 건강이 더 나빠지면 어떡하지? 레이디를 안락사시키는 일은 부모님에게 엄청난 부담이 될 것이다. 또 나는 레이디가 마지막 가는 길에 곁에서 함께하고 싶다. 레이디는 혹시나 하는 나의 마음을 불식시킨다. 다시 호흡에 문제가 생기고 꼬리를 다리 사이에 끼운 채로 간청하듯 나를 바라본다. 나는 다시 전화기로 손을 뻗는다. 이번에는 수의사가 전화를 받는다. 내가 말한다. "때가 됐어요." 아직 환자가 몇 있어서 다 보고 바로 오겠다고 한다. 우리에게는 아직 두 시간이 남아 있다.

나는 레이디에게 가서 앉는다. 레이디가 늘 좋아하던 모든 간식을 준다. 레이디는 자기가 이미 천국에 와 있다고 생각할 게 틀림없다. 나는 레이디의 주둥이와 머리와 발에 입을 맞추고 레이디에게 이야기한다. 곧 굉장히 멋진 나라로 먼 여행을 떠나게 될 거라고. 그곳에 가면 헤엄칠 수 있는 물이 늘 있고 먹을 것이 언제나 풍족하고 많은 옛 친구들이 너를 기다리고 있다고. 네 엄마와 형제들을 다시 만나게 될 거라고 이야기한다. 아무것도 두려워할 필요가 없다고 장담한다. 언젠가 나도 그곳으로 갈 거라고, 너에게로 갈 거라고, 그러면 아무것도 더는 우리를 갈라놓을 수 없다고 약속한다. 내가 너를 얼마나 사랑하는지 확인해준다. 그리고 이렇게 고통스럽게 한 데 대해, 이제 그 일을 할 수밖에 없는 데 대해 용서를 구한다. 우리는 서로의 눈을 들여다보며 말없이 대화를 나눈다. 결정이 내려진 지금, 나는 마음이 평온하다. 초인종이 울리고 수의사가 들어올 때까지 레이디를 품에 안고 있다. 평소 귀가 거의 들리지 않던 레이디가 초인종 소리를 듣더니 짖으면서 쏜살같이 문으로 달려간다. 어린 개였던 예전처럼. 당황한 수의사가 불안해하며 재차 묻는다. "확실한 거죠?" 나는 지난 며칠 밤의 상황을 설명해준다. 레이디를 위해 최선이 아니라면 내가 이런 결정을 내리지 않으리라는 것을 수의사는 안다.

나는 창문 앞에 레이디의 담요를 깔아놓았다. 그 위를 태양이 따스하게 비춘다. 레이디가 몸을 누이고 나는 간식을 하나 더 준다. 수의사가 주사기에 마취제를 채워 넣는다. 나는 레이디의 머리를 품에 안고 있는 동안 조용히 기도를 읊는다. 내게 선사한 모든 것에 대해 레이디에게 감사를 표한다. 신에게 감사를 표한다. "제게 이 개를 빌려주셔서 감사합니다. 이 아이는 제 삶에 무조건적인 사랑과 행복을 가져다주었습니다. 레이디는 참으로 자신의 사명을 잘 마쳤습니다. 이제 이 아이를 돌려드립니다. 잘 돌봐주세요."

수의사가 레이디의 뒷다리 정맥에 마취제를 놓는다. 바늘이 찌르는 것을 느끼자 레이디는 잠시 뒤를 향해 이빨질을 시도한다. 레이디는 주사가 아프다. 레이디의 근육이 경직되었다가 다시 이완된다. 레이디가 축 늘어져 내 품속으로 더욱 깊이 가라앉는다. 나는 레이디의 머리를 잡고 눈을 들여다본다. 아직 숨을 쉬고는 있지만 이미 깊은 잠에 빠져 있다. 나는 레이디에게 마지막 인사를 보낸다. "빛 속으로 가렴. 여행 잘하고. 사랑해." 이윽고 수의사가 레이디의 심장에 바로 치명적인 주사를 놓는다. 마취제와 무슨 차이가 있는지 모르겠다. 다만 레이디의 동공이 흐릿해진다. 레이디는 더 이상 숨을 쉬지 않는다. 우리 개가 죽었다.

* * *

수의사가 더 도울 일이 있는지 묻는다. 그러고나서 나

를 안아주고 조용히 우리 집을 떠난다. 이제 나는 레이디와 단둘이다. 레이디를 품에 안고 끊임없이 쓰다듬는다. 레이디의 온기가 느껴진다. 부드러운 털이 느껴진다. 흡사 잠을 자고 있는 것 같다. 더 이상 숨을 쉬지 않는다는 점만 빼면. 곧이어 레이디의 다리가 경련한다. 수의사는 미리 주의를 주고 갔다. "레이디가 죽었더라도 근육이 계속 경련할 수 있어요. 말하자면 뇌에서 출발해서 아직 '이동 중'이던 명령이 뒤늦게 수행되는 거죠."

나는 매 순간을 의식적으로 내 안에 기록한다. 우리 개가 죽었다는 것을 나는 안다. 하지만 경련은 나에게 여전히 그 몸속에 생명이 남아 있다는 느낌을 준다. 나는 마치 두 손으로 눈을 가린 어린애가 된 것만 같다. 두 손을 치우면 모든 게 다시 예전처럼 돌아가기를 바란다. 그러나 그 무엇도 더 이상 예전처럼 돌아갈 수는 없다. 나는 창밖을 본다. 저 위 푸른 하늘에 말똥가리 두 마리가 날아간다. 레이디 역시 '날아간다'. 레이디는 이제 아픔에서 해방되었다.

나는 레이디의 머리를 부드럽게 바닥에 놓고 마당으로 나가 꽃 몇 송이를 꺾어 레이디 주변에 늘어놓는다. 레이디의 생명 없는 몸을 사진으로 찍는다. 마치 자고 있는 것처럼 보인다. 이어서 나는 차를 한 잔 끓이고 오래된 사진첩을 꺼낸다. 찻잔을 들고 다시 레이디에게 가서 바닥에 앉는다. 레이디의 머리를 품에 안는다. 나는 레이디를 쓰다듬어주면서 레이디를 찍은 숱한 사진들을 들여다본다. 버지니아의 동물 보호소에서 어떻게 레이디를 발견했는지 말해준다. 우리가 만난 것은 미리 정해진 운명이었다고. 그리고 우리가 함께한 수많은 여행들에 대해 말해준다. 눈물이 흐르면서도, 우리가 겪은 몇 가지 모험을 이야기할 때는 웃을 수밖에 없다. "기억나니……?" 나는 우리 둘을 과거로 감싼다. 내가 레이디에게 묻는다. "내가 할 수 있는 일을 다한 거니? 행복했니?" 즐거웠던 기억이, 그리고 레이디와 함께한 삶에 대한 감사가 넘쳐흐른다. 나는 레이디가 행복한 삶을 살았다는 것을 안다.

차차 부모님, 이웃들, 친구들이 들러 레이디와 작별 인사를 한다. 여전히 나는 레이디를 놓아주지 못한다. 하지만 그게 정상이다. 마침내 땅거미가 지기 시작한다. 레이디는 점점 더 차가워지고 뻣뻣해진다. 나는 아주 천천히 마음을 내려놓기 시작한다. 레이디의 몸은 알게 모르게 변한다. 『티베트 사자의 서[1]』에 따르면 죽은 자들은 이승의 껍질을 벗은 후 얼마간 더 우리 곁에 머무른다. 레이디는 죽은 뒤에도 거의 여덟 시간 가까이 나와 함께 있었다. 이제 레이디가 떠나간다. 불현듯 나는 레이디의 영혼이 더 이상 몸속에 없다는 것을 깨닫는다. 겉껍질만 남았다는 것을 알아차린다.

드디어 나는 장례를 치르고 레이디를 무덤에 묻을 준비가 되었다. 작년에 레이디 자신이 직접 '고른' 무덤에 말이다. 나는 생전에 쓰던 담요에 레이디를 싸고, 나의 냄새를 간직할 수 있도록 내가 입던 티셔츠도 머리에 둘러준다. 몸 주위에 목줄과 좋아하는 장난감과 나랑 찍은 사진 한 장을 놓는다. 그리고 고대 이집트 전통에 따라 긴 여행길을 위해 간식도 몇 개 놓는다. 어쨌든 래브라도 아이들은 늘 배가 고프니까. 마지막으로 입맞춤을 하고, 마지막으로 쓰다듬어준다. 이어서 짤막한 마지막 기도와 함께 첫 흙이 우리 개의 몸 위에 떨어진다. 나는 어둡고 따스한 흙으로 조심조심 무덤을 채운다. 이제 끝이다.

1   티베트 불교의 경전 중 하나로 죽음과 사후 세계를 다룬다.

나는 엄청나게 기진맥진하고 피곤하다. 그럼에도 불구하고 드디어 다 끝났구나 하는 느낌이 든다. 그리고 내가 모든 일을 제대로 해냈다는 것을 안다. 이날 밤 레이디가 나를 찾아온다. 레이디 냄새가 강렬하게 느껴지고, 깊은 잠에서 깨어날 때면 늘 그랬듯 레이디가 몸을 터는 소리가 들린다. 레이디는 나와 함께이고 앞으로도 늘 그럴 것이다.

대부분의 견주는 자신의 네 발 달린 친구와 이처럼 제대로 충분히 작별 인사를 나누지 못한다. 많은 경우 상황이 허락하지 않거나, 반려견이 가는 마지막 길에 함께할 수 있는 정신 상태가 아니다. 나 역시 특수한 사정 때문에 키우던 개 하나를 동물병원에서 안락사시켰고 그곳에 두고 올 수밖에 없었다. 당시 나의 아픔이 치유되기까지는 아주 오랜 시간이 걸렸다. 네 발 달린 우리 친구들의 마지막 나날과 그들이 가는 마지막 길을 함께할 수 있다는 것은 특별한 은총이며, 우리는 그 은총을 감사히 받아들여야 마땅하다. 그 과정이 아무리 아플지라도 우리는 그러한 시간을 통해 성장하게 될 것이다.

이 책은 작별의 상황에서 반려견에게 도움을 주고 스

스로 도움을 얻고자 하는 모든 이를 위해 썼다. 우리는 이 아픈 경험을 주변 사람들이 이해하지 못하거나 심지어 우스운 일로 치부한다고 느낄 때가 많다. 우리는 왜 지금 이런 일이 일어났는지 납득하지 못하며, 앞으로 어떻게 되는지 알지 못한다.

이 책으로 내 경험을 많은 이들과 공유하고 싶다. 왜냐 하면 나 역시 다른 이들과 수많은 대화를 나누면서 알게 되었기 때문이다. 우리가 가진 생각과 느낌이 혼자만의 것이 아님을 알면 도움이 된다는 사실을 말이다. 사람이 든 동물이든, 사랑하는 가까운 존재가 죽으면 우리는 끝 없는 슬픔과 고독을 겪는다. 하지만 모든 아픔이 지나고 나면 다시 희망을 가지고 사랑할 수 있는 때가 온다. 새로 운 반려견 친구를 위해 우리의 두 팔을 벌릴 때가.

2. 어떻게 잃는가

죽음

우리가 네 발 달린 친구들과 긴 세월을 보낼 수 있었다면 우리는 삶에서 경이로운 선물을 받은 것이다. 이렇게 보면 죽음은 슬프긴 하지만 자연스러운 마무리이다. 그런데 만일 개가 너무 일찍 목숨을 잃는다면 어떨까? 나의 지인 하나는 데려온 지 3주밖에 안 된 강아지를 잃었다. 그녀에게는 첫 반려견이었고 그녀는 이 네 발 달린 생명체를 돌보는 일에 채 익숙해지기도 전에 강아지를 도로 잃고 말았다.

수잔 클로디어는 훌륭한 저서 『누군가 개의 기도를 들어준다면…… 하늘에서 뼈다귀가 내릴 거야』에서 6주 된

셰퍼드 새끼 매킨리가 심장 결함 진단을 받고 앞으로 최장 2년밖에 살 수 없다는 판정을 들었을 때 자신이 어떤 생각을 하고 어떤 감정을 느꼈는지 묘사한다.(매킨리는 태어난 지 7개월 만에 죽었다.)

10주를 살았든, 7개월을 살았든, 13년을 살았든 간에 우리의 반려견은 항상 너무 일찍 죽는다. 어린 개의 죽음이 그토록 몹시 아프게 다가오는 것은 한 조각 미래가 죽어 없어지기 때문이다. 우리가 함께했을 삶이 어땠을까 하는 한 조각 희망과 기대가 죽어 없어지기 때문이다. 늙은 개의 경우 죽음이 구원으로 찾아오는 경우가 많다. 우리는 "그 아이는 행복한 삶을 살았어"라고 말한다. 아직 에너지와 생의 기쁨이 넘치는 어린 개가 죽을 때면 우리는 그것이 부당하고 불공평하다고 여긴다. 어떤 말도 위안이 되지 않는다. 다만 이 짧은 생 또한 개와 우리에게 하나의 선물이었다는 생각은 위로가 될지도 모른다.

사라짐

우리는 대개 개를 잃는다고 하면 죽음을 생각한다. 그러나 다른 종류의 상실들도 트라우마가 될 수 있다. 이를

테면 반려견이 사라져서 두 번 다시 나타나지 않으면 우리는 심적인 고통을 느끼고 개가 지금 어디에 있을까 하는 생각을 그칠 줄 모른다. 인터넷이나 게시판에서는 견주들이 개를 찾는 광고를 계속해서 볼 수 있다. 이들은 필사적으로 개를 찾으면서 높은 사례금을 제시한다. 타소의 동물 찾기 페이지에는 실종된 반려동물을 찾는 문의가 매일 2,000건 넘게 들어온다. 반려견에게 무슨 일이 일어났는지 불분명한 경우에도 주인들은 모든 애도 단계를 거친다. 그와 동시에 사랑하는 개가 어느 날 다시 나타날지 모른다는 희망에 매달린다. 사라진 동안이 길어질수록 그럴 가능성은 점점 더 희박해진다. 하지만 의문은 영원히 남을 것이다. 무슨 일이 일어난 거지? 어디에 있을까? 잘 지낼까? 아직 살아 있을까? 최소한 반려견이 죽었다는 것을 안다면 애도를 시작할 수 있으리라. 하지만 그렇지 않기에 끔찍한 불확실 속에서 평생을 살게 된다.

반려견은 다양한 이유로 사라질 수 있다. 스스로 집을 나갈 수도 있고, 누가 훔쳐 갈 수도 있고, 낯선 사람이 학

---

2 독일의 동물 보호 단체. 반려동물을 등록하고 잃어버린 반려동물을 찾을 수 있게 웹사이트와 핫라인을 운영한다. www.tasso.net

대할 수도 있고, 동물 실험에 악용될 수도 있다. 우리 개가 지금 어딘가에 갇혀서 고통받고 있으리라는 생각만으로도 그야말로 고문이다. 그리고 무슨 일이 일어났는지 모르는 한 우리는 그러한 고통에서 해방될 수 없다. 개가 다시 돌아오든지, 아니면 개가 죽었다는 것을 알게 되어야 비로소 우리는 평화를 찾을 수 있다.

　우리 모두가 앞서 말한 여러 가능성을 전부 생각하고 그런 상황을 방지하려 노력하는 것이 중요하다. 우리가 네 발 달린 친구를 집에 들이는 일은 반려견에게 지속적으로 주의를 기울일 책임도 받아들이는 일이다. 따라서 집 문이나 마당 문을 항상 닫아두고 상습적인 가출견이 집을 나가지 못하도록 신경 쓰는 게 중요하다. 나의 고향에 엄청난 동물 애호가를 자처하는 의사가 하나 살았다. 그는 자기 개들이 신에게서 뭐든 마음대로 할 수 있는 권리를 부여받았다고 생각했다. 그래서 매일 아침 집 문을 열고 개들이 마을을 돌아다니게 놔두었다. 그 개들이 '무제한의 자유'를 누리면서도 살아남을 수 있었던 것은 오로지 많은 운전자들이 빠르게 반응한 덕택이다.

　많은 개들이 가게 앞에 묶여 주인을 기다리다가 혹은

개방된 사유지에 있다가 잡혀간다. 내가 사는 도시에서는 청소년들이 마당이나 뜰에 있는 개를 훔친 다음 개를 찾는 광고와 함께 사례금이 붙으면 '습득한 개'를 돌려주는 식으로 재미를 보았다. 그런 경우에는 적어도 영영 개를 잃지는 않는다. 하지만 주인 없는 개, 특히 순종 암컷을 잡아다가 '번식업자'에게 파는 전문적인 개장수도 있다. 번식업자에게 간 암캐들은 '번식 기계'가 되어 비참한 삶을 이어간다.

휠체어를 탄 한 여자는 보조견을 도둑맞았다. 둘은 3년간 한 팀이었고 그 개는 그녀의 일상에서 없어서는 안 될 존재였다. 개에게 무슨 일이 일어났는지 알 수 없는 데다가 고독을 견딜 수 없었던 여자에게 얼마 후 치명적인 심근경색이 찾아왔다.

동물들은 실험용으로도 계속해서 잡혀가고 있다. 동물 포획업자들은 어둠의 엄호를 받으며, 그들의 차에는 위조 번호판이나 도난 번호판이 달려 있다. 포획업자는 성 유인 물질을 이용하여 집이나 마당에서 반려동물을 꾀어낸 다음 우리에 가둬 바로 배달 차에 싣는다. 독일 법에 따르면 실험실에서는 훔친 동물을 구입해서는 안 되며 실험용 동물을 따로 사육해야 한다. 그럼에도 불구하고 실험실에서 훔친 동물을 가져다가 모든 식별 수단을 없앤다는 소문이 끊이지 않는다. 칩이 제거되었거나 문신이 새겨진 귀가 짧게 잘려 있다는 것이다. 자기 개가 어쩌면 그런 포획업자에게 잡혀갔을지도 모른다고 생각하면 너무도 끔찍하기 때문에 많은 견주들은 차라리 반려견이 죽었다는 소식을 듣기를 바란다. 도로에서만 해도 매년 50만 마리의 개와 고양이가 죽는다. 그리고 사냥꾼들은 해마다 주인 없이 헤매는 수많은 개를 쏴 죽인다.

빼앗김

'관청 때문에' 견주가 개를 잃기도 한다. 이른바 '맹견'을 키우는 주인은 지켜야 할 의무 조건들이 있다. 그러나 그럴 능력이 안 되거나 따르기를 원치 않으면 개를 빼앗긴다. 네 발 달린 친구를 잃고 슬픔에 빠지게 된다.

방치된 생명체들을 보살피는 것이 삶의 목적인 사람들에게 동물을 잃는 것은 특히 비극적인 일이다. 우리는 스무 마리, 서른 마리, 백 마리 개를 집에 들였다가 돌보는 일을 감당하지 못하게 된 사람들(대부분 여자다)의 이야기

를 계속해서 접한다. 현실 감각을 완전히 잃은 사람들이
다. 냄새와 소음으로 괴로워하는 이웃들이 관청에 신고해
서 개들을 없애달라고 요구한다. 그렇게 되면 홀로 남겨
진 주인은 개들을 걱정하느라 절망에 빠지기 일쑤다. 이
미 오래전부터 개들이 그 여건에서 잘 지내지 못했다는
사실을 깨닫지 못하기 때문이다.

　노인들이 병원이나 양로원에 들어가게 되었는데 키우
던 개를 돌봐줄 사람이 아무도 없는 경우, 개들은 동물 보
호소에 맡겨지고 아주 운이 좋으면 다시 입양된다. 늙고
병든 주인들은 자기 개에게 엄청난 애정을 쏟았을 것이
고, 어쩌면 긴 세월 동안 개를 돌봐왔을 것이다. 그들에게
는 이제 육체적 고통에다 고독과 개를 잃은 큰 슬픔이 더
해진다. 그 결과 건강 상태가 급격히 악화될 수 있다.

이혼
　이혼으로 반려견을 잃을 수도 있다. 이혼에서 진짜 승
자란 절대 없다. 더군다나 이혼하는 부부가 견주인 경우
어느 한쪽은 반려견을 잃을 뿐 아니라, 이혼으로 생겨나
는 부수적인 문제들 때문에 그 상실감은 더욱 깊어진다.

이혼으로 개를 잃은 사람들은 흥미롭게도 이런 말을 자주 한다. 이혼한 뒤에도 반려견은 계속 살아가지만, 자신은 그 삶을 더는 공유할 수 없기에 특히 더 힘들다고. 이러한 이별은 죽음으로 인한 최종적인 상실보다 더욱 아플 수 있다. 하지만 가령 전남편 또는 전처가 본인보다 더 많은 시간을 개에게 쏟을 수 있거나 개가 익숙한 생활환경에 머물 수 있다면, 개가 상대방과 잘 지낸다는 것을 알고 모종의 위안을 받을 수도 있다.

반면 개를 몹시 싫어하고 오로지 상대방에게 복수하려는 생각에 반려견을 가지려는 사람의 손에 개가 들어가게 되면 비극적인 상황이 펼쳐진다. 학대받는 아내들 가운데 많은 이들이 반려견이 해코지당할까 두려워 남편 곁에 머무른다는 사실을 우리는 확인할 수 있었다. 학대받는 아내가 마침내 여성의 집으로 몸을 피한다 해도 그곳에는 규정상 반려견을 들일 수 없기가 일쑤다. 개를 잃은 슬픔은 물론이고 개에게 무슨 일이 일어날까 하는 불안감까지 더해진다. 많은 경우 그렇게 불안해하는 게 당연하다. 실제로 혼자 남겨진 배우자가 개를 잔인하게 대하거나 심지어 죽이기까지 하는 일이 일어나기 때문이다.

삶의 일부였던 반려견과 헤어져야 하는 경우 우리는 상실의 단계들 중 대부분을 거친다. 그 단계들에 대해서는 뒤에서 더 자세히 설명하겠다. 그런데 몇몇 이별은 불확실함 그리고/또는 압도적인 무력감 때문에 더욱 아프게 다가온다. 안타깝게도 이런 아픔을 진정으로 해결할 방법은 없다. 개가 돌아오든지, 아니면 개가 죽었다는 소식을 듣든지, 이것이 우리가 기대할 수 있는 해결책이다.

3. 안락사가 최선일까?

분명 많은 견주들이 한번쯤 이 문제를 생각한 적이 있을 것이다. 반려견의 생명을 빼앗는 일이 그들에게 마지막 사랑을 베푸는 길인가 아닌가 하는 문제 말이다. 아픔이 너무 심하고, 치유되거나 적어도 상태가 나아질 가망이 없으며, 개가 괴로워하는 기색이 역력하다면 안락사는 개가 자연사할 때까지 기다리는 것보다 자비로운 일이 아닐까? 다른 한편으로 생각하면 그러한 결정이 자칫 너무 성급한 개입이 될 위험도 있다. 어떻게 하는 게 '최선'일까?

법률적 상황

독일 동물보호법에 따르면 "누구도 합당한 이유 없이 동물을 아프게 하거나 고통스럽게 하거나 해해"서는 안 되며 "합당한 이유 없이 척추동물을 죽이는 자는 처벌을 받는다". 개가 삶을 이어갈 경우 제거할 수 없는 상당한 아픔과 고통이 따른다면 "합당한 이유"가 있는 것으로 간주된다.

반면 건강한 동물을 죽이는 행위는 독일 법에 따라 명확히 금지된다. 즉, 독일 법에서는 특정한 사정 때문에 사육이 어려워진 개를 직접 죽이거나 수의사에게 맡겨 안락사시키는 행위를 금지한다.

특별히 합당한 이유가 있는 경우에는 상위 법익, 즉 인

---

3 한국 동물보호법과 해당 시행규칙 및 시행령 전문은 국가법령정보센터 (www.law.go.kr)에서 확인할 수 있다. 안락사 관련 내용은 제22조 '동물의 인도적인 처리'에 나온다. 시행규칙에 따르면 첫째, 동물이 질병 또는 상해로부터 회복될 수 없거나 지속적으로 고통을 받으며 살아야 할 것으로 수의사가 진단한 경우, 둘째, 동물이 사람이나 보호조치 중인 다른 동물에게 질병을 옮기거나 위해를 끼칠 우려가 매우 높은 것으로 수의사가 진단한 경우, 셋째, 법 제21조에 따른 기증 또는 분양이 곤란한 경우 등 시·도지사 또는 시장·군수·구청장이 부득이한 사정이 있다고 인정하는 경우에 동물의 '인도적인 처리'가 가능하다.

4 '보호객체'라고도 부른다. 법적으로 보호되는 이익 또는 가치를 뜻한다.

간 신체의 불훼손성을 보호하기 위해서, 이미 여러 번 인간을 공격하고 그 과정에서 **심각한** 부상을 입힌 공격적인 개를 안락사시키는 일도 정당화된다.

다만 그런 일은 몇몇 예외적인 경우로만 한정된다. 동물보호법은 "합당한 이유 없이"(제17조) 척추동물을 죽이는 행위를 금지하기 때문이다. 그러나 많은 경우에 개의 위험성은 예외적인 경우에 해당할 수 있다. 개가 위험한지 여부는 수의청이 공공 수의사와 함께 각 연방주의 지침에 따라 판단한다.

하지만 항상 우선 전문가의 감정이 있어야 한다. 이어서 공공 수의사가 해당 개의 위험성을 판정하고 도살 통지가 이루어진다. 이때 견주에게는 도살 명령에 이의를 제기하고, 가령 성격 검사를 통해 자기 개가 위험하지 않다는 것을 입증할 기회를 주어야 한다.(프랑크푸르트 행정법원, 서류번호 2 E 1506/99 및 지그마링엔 행정법원, 서류번호 6 K 1329/01) 소위 '위험한' 종이라는 이유로 개를 안락사시켜서는 안 된다는 것은 자명하다.

---

5 수의학, 도축용 가축 및 육류 검사, 식품 모니터링, 동물 보호 등을 관장하는 지역 단위의 조직.

윤리와 책임

안락사(Euthanasie)라는 말은 그리스어에서 기원했으며 '좋다'라는 뜻의 'eu'와 '죽음'을 뜻하는 'thanatos'로 이루어졌다. 말 그대로 '좋은 죽음' 혹은 의미로 따지면 쉽고 빠른 죽음이다.

윤리적 관점에서 봤을 때 우리에게 어떤 생명체를 죽일 권리가 있을까? 이 문제에 대해 독단적으로 결정을 내리려는 사람이 누가 있을까? 특히 우리 독일인은 이런 생각을 할 때면 나치 정권의 만행을 의식할 수밖에 없다.

오늘날에도 여전히 세계 도처에서 죄 없는 사람들과 동물들이 말도 안 되는 이유로 학대와 죽임을 당하고 있다. 전쟁으로, 기아로, 의학 연구와 기타 산업 분야에서 의도적으로 이루어지는 실험으로. 우리가 다른 생명체를 죽음으로 몰아갈 권리가 어디에 있는가? 우리에게 (유죄) 판결을 내릴 권리가 있는가? 이런 물음이 원칙적으로 계속 남는다. 동시에 우리는 육식에 대한 욕구를 충족시키려 수백만 마리의 농장 동물을 도살장으로 보낸다.

인간의 안락사를 둘러싼 논쟁 역시 계속해서 헤드라인을 장식하고 있다. 안락사를 오용하거나 실수를 범할 위험이 크다. 우리가 타인의 생명 유지 장치를 꺼도 될까? 점점 더 많은 사람들이 사망 선택 유언[6]을 남기고 있는데 의사가 그러한 의사를 존중해야 할까? 중병에 걸려 고통받다가 스스로 죽음을 택하는 사람들을 도와도 되는 걸까? 그들에게 도움을 주기를 거부해도 될까? 우리가 키우는 동물에 대해 그와 같은 결정을 내려도 될까? 특히 신앙이 깊은 사람들은 이러한 물음에 괴로워할 것이다. 신이 내리는 결정을 감히 인간이 대신하는 건 아닐까? 성경은 이런 문제에 대해 아무런 답도 주지 않는다. 다만 우리 손에 맡겨진 생명체에 대해 책임을 져야 한다고 말할 뿐이다.

동물의 안락사를 두고 가령 알베르트 슈바이처 같은 윤리학자들은 다음과 같은 견해를 지지한다. "치유할 수 없는 고통을 겪는 생명체를 자비롭게 죽임으로써 고통을 끝내주는 것이 가만히 있는 것보다 윤리적이다."

고통받는 피조물을 구해준다는 의미에서 안락사는 윤리적으로 그리고 실제적으로 불가피한 일이다. 하지만 결

---

6 식물인간이 되는 등 불치 상태에서 자신의 의사를 표현하지 못할 경우를 대비하여 연명 치료 대신 사망을 선택한다는 내용을 담은 유언.

정을 내리고 적절한 시점을 찾아야 하는 사람에게는 항상 트라우마가 되는 일이기도 하다. 그 결정은 한편으로는 반려견에 대해 우리가 짊어져야 하는 포괄적인 책임의 일부이기도 하다. 하지만 다른 한편으로 결정의 순간에 우리의 가슴은 찢어질 것이다.

반려견을 우리의 삶에 받아들일 때 우리는 결혼할 때 그러듯 죽음이 갈라놓을 때까지 개를 잘 보살피고 사랑하겠다고 약속한다. 개의 평생 동안 우리는 개를 돌보고 개의 몸과 마음의 건강을 신경 쓴다. 우리가 서로에게 마음을 쓰면 쓸수록 우리의 관계는 더욱더 긴밀해진다. 결국에는 개와 주인이 오래된 부부와 흡사해지곤 한다. 별다른 말을 안 해도 서로를 이해하고, 말을 꺼내기도 전에 상대가 무슨 생각을 하는지 아는 노부부처럼 말이다. 이상적인 경우에 우리는 긴밀하며 점점 더 깊어지는 상호관계를 구축한다. 때로는 인간 가족 구성원보다도 더 긴밀하게 관계를 맺는다.

하지만 개가 우리에게 순수하고 완전하게 의존한다는 바로 이 점 때문에 우리는 반려견에 대한 책임이 어디까지 이르는지 내다보지 못하는 위험에 처한다. 이러한 관계에서는 죽음에 대해 숙고할 자리가 없는 경우가 많다. 우리는 마음 같아서는 죽음의 문제를 전혀 다루고 싶지 않다. 우리 중 많은 이들이 죽음을 생각하기만 해도 공황 상태에 빠진다. 마치 이별이란 없다는 듯이 그 주제를 피한다. 그러나 언젠가는 개가 늙거나 병들고 아파하는 시점이 온다. 우리가 몹시 두려워하던 순간이 온다. 그리고 우리는 곧 반려견 없는 생활을 받아들여야 한다. 운이 좀 좋다면 적어도 준비를 하고 이별을 받아들일 시간이 더 주어진다.

우리는 반려견에게 '신과 같은' 위치에 있다. 그들의 삶을 이루는 모든 것이 우리로부터 나온다. 바로 그렇기 때문에 모든 책임 중에서도 가장 큰 책임이 뒤따른다. 언젠가 개의 삶에 대하여 최종적이고 궁극적인 결정을 내릴 책임 말이다. 오직 우리만이 그 결정을 내릴 수 있으며, 그 결정과 함께 살아가야 하며, 따라서 그 결정이 옳다고 절대적으로 확신해야 한다. 그것은 돌이킬 수 없는 결정이니까.

우리는 사랑하는 존재를 위해 죽음의 천사가 되는 동안에 스스로의 죽음과 대면한 자신의 모습도 발견하게 된다. 아주 혼란스러운 일일 수 있다. 우리는 이 길 위에서 결국 혼자라는 사실을 깨달을 수밖에 없다. 가족과 친구들이 아무리 도우려 한다 해도 매한가지이다. 우리는 삶에서 실존적인 전환점에 이른다. 그리고 이 어둠 속에서 자신과 마주할 때, 우리는 스스로가 집착을 내려놓고 계속 나아갈 수 있다는 것을 배운다. 우리는 인생의 여러 해를 아주 특별하고 다정한 존재와 함께할 수 있었고, 이 경험을 통해 강해진다.

반려견을 안락사시켜야만 하는 이들은 매번 내게 말한다. "못 하겠어" 혹은 "못 견디겠어". 마지막 순간에 반려견 곁에 있는 일을 감정적으로 감당할 수 없다고 생각하는 것이다. 처음에 나는 이런 말을 들으면 화가 치밀곤 했다. 어떻게 그럴 수가! 마지막 순간에 홀로 두다니 개한테 못 할 짓이잖아! 하지만 곧 나는 그 사람들의 진심 어린 애도와 절망에 마음이 움직였고 내가 품었던 독선적인 생각을 부끄러워하게 되었다. 우리에게 조건 없는 사랑과 용서를 가르쳐준 것은 바로 우리의 개들이다. 두 발 달린 친구들이 마지막 순간에 자기를 홀로 둔다면 **개들은** 뭐라고 할까? 아마도 개들은 그마저 이해해주며 부드러운

눈길로 속삭일 것이다. "괜찮아요. 아직 그러지 못하는 거 이해해요." 그렇다면 내가 어떻게 감히 심판관 행세를 할 수 있을까? 나는 고통받는 반려견 때문에 깊고 깊은 절망에 빠진 사람들을, 그럼에도 자신의 개를 구원해줄 수 없는 사람들을 보았다. 내가 무슨 권리로 그들의 상처를 후비고 그들을 비난할 수 있을까?

　개가 스스로 결정을 내리는 경우도 자주 있다. 내가 알던 어느 개는 암세포에 완전히 침식당했고 강한 약물을 처방받았음에도 혹독한 고통을 견뎌야 했다. 그 개는 남편과 사별한 견주의 곁에 남아 있던 유일한 생명체였다. 주인은 절망에 빠졌고 개의 상태를 슬퍼하며 울었지만 그럼에도 개를 보내주지는 못했다. 어느 날 주인은 장을 보러 가려고 큰 차를 후진시켜 차고에서 빼다가 개를 치고 말았다. 주인이 눈치채지 못하는 사이에 개가 뒷바퀴 앞에 누웠던 것이다.(지금까지 이 개는 살면서 그런 적이 단 한 번도 없었다.) 그 개와 당시 사정을 알고 있던 우리 모두는 그것이 우연이 아니라 믿는다. 그리고 그 개가 결정을 내리지 못하는 주인 대신 그런 식으로 스스로 결정을 내렸다고 생각한다.

우리의 개들에게서 배우자. 심지가 강하지 않아서 고통 받는 동물을 구원해주지 못하는 이들에게 손을 내밀자. 어쩌면 우리는 친구를 돕고 그 과정을 대신해줄 수 있을 지도 모른다. 동물에 대한, 친구에 대한, 우리 자신에 대한 사랑으로.

언제가 적절한 시점인가?

우리가 결정을 주저하는 것은 아주 당연한 일이다. 하지만 그럼에도 반드시 결정을 내려야 한다. 마술 지팡이를 들어 우리 개를 다시 어리고 건강하게 만들어주는 착한 요정은 세상에 없다.

개가 죽을 때가 되었다는 것을 어떻게 알까? 의학적으로 잘 돌보면 우리 개를 구하거나 적어도 생명을 더 연장할 수 있지 않을까? 따라서 노련한 수의사와 서로 신뢰를 가지고 협력하는 것이 중요하다. 수의사는 조언을 건네면서 우리를 도울 수 있다. 하지만 언제가 개를 보내줄 때인지 우리 스스로 느낄 때도 많다.

삶의 질은 삶과 죽음에 관한 결정을 내릴 때 핵심적인 요소이다. 독일 문화에서는 죽음을 가능한 한 오래 저지

해야 하는 적으로 본다. 그에 비해 동물들은 죽음을 자연스럽게 대한다. 다른 모든 불가피한 것을 받아들이듯 죽음을 받아들인다.

언제가 적절한 시점인지 알려면 반려견에게 귀를 기울이고 반려견을 이해해야 한다. 개는 쇠약해지는 과정에서 호전과 악화라는 두 가지 상태를 매우 자주 오간다. 우리는 상태가 호전될 때마다 희망을 품고, 악화될 때마다 고통을 끝내주겠다고 맹세한다. 우리가 세심하게 귀를 기울이고 관찰한다면 반려견이 우리에게 이제 때가 되었다고 말하는 것을 들을 수 있다.

레이디를 위해 최종 결정을 내리기 전에 나는 세 단계로 작은 의식을 치렀다.

1. 나는 레이디에게 죽는다고 걱정할 것 없다고, 너를 무지무지 그리워하고 깊이 애도할 거라고 말해주었다. 네가 영원히 내 곁에 머물기를 바라지만 그건 불가능한 일이라고 말했다. 또 네가 지금 가는 곳이 굉장히 좋은 곳이며 우리가 정말로 갈라지는 일은 절대 없을 거라고 했다. 이제 네가 떠날 수밖에 없다면 너를 도와주고 버

팀목이 되어주겠다고 했다. 또한 네가 나 때문에 이곳에 더 오래 머무를 필요는 없다고, 내가 비록 애통하지만 얼마 후면 다시 괜찮아질 거라고 말했다. 왜냐하면 우리가 함께한 시간에 대한 기억이 늘 내게 남아 있으니까. 내가 레이디에게 한 모든 말이 실제로도 진심이었다는 점이 나에게는 중요했다. 나는 우리가 솔직하지 못하면 개들이 그것을 느낀다고 확신한다. 그러니까 말로는 죽는다고 걱정할 것 없다고 하면서, 속으로는 개를 잃는 것을 못 견뎌서 곁에 머물러달라고 애원하는 것 말이다. 동물들은 우리가 하는 말보다는 우리의 생각을 이해할 수 있으며, 자신의 죽음을 우리에게 가볍게 만들어주려고 특유의 이기적이지 않은 방식으로 늘 애쓸 것이다.

2. 나는 레이디에게 다시 한 번 도움을 청했고 내가 슬프고 불안하고 혼란스러우며 뭘 해야 할지 모르겠다고 말했다. "내가 뭘 해야 할지 가능한 한 자세히 말해주지 않을래? 너 이제 떠날 준비가 됐니?"

3. 이어서 나는 여러 차례 심호흡을 하고 마음을 가라앉히고 정신을 집중하려고 노력했다. 나는 이 의식을 전

에도 이미 다른 동물들과 치른 적이 있으며 그때마다 늘 죽어가는 동물로부터 모종의 방식으로 대답이나 신호를 받았다.

레이디의 상태가 나빠졌을 때 나는 밤에 레이디의 방석 옆 바닥에 잠자리를 깔았다. 마지막 날 밤에 레이디는 내 앞에 서서 오래도록 나를 바라보았다. 레이디의 눈은 마치 이렇게 말하려는 것 같았다. "사랑하는 주인님, 더는 버틸 수가 없어요. 이제 보내주셔야 해요." 나는 레이디를 바라보았고 그 말이 옳다는 것을 알았다.

우리는 우리의 반려견을 잘 안다. 가령 꼬리를 친다거나, 미소를 짓는다거나, 기쁨의 탄성을 지른다거나, 배를 쓰다듬어줄 수 있게 다리를 위로 뻗는다거나 하는 등 개가 아직 삶을 즐기고 있음을 분명히 나타내는 신호들을 알아본다. 하지만 다른 한편으로 개의 삶의 질을 판단하는 일은 우리가 순간적으로 결정할 수 없는, 혹은 결정해서는 안 되는 문제이다.

내 친구 요아네가 키우던 골든레트리버 샌디는 골암 진단을 받았다. 오른쪽 앞다리를 절단해야 하는 상황이었다. 그리고 얼마 후 샌디는 눈이 멀었고 요아네는 이제 샌디를 안락사시킬 때가 됐다고 믿었다. "하지만 샌디의 꼬리는 늘 움직이고 있었어. 항상 나에게 즐겁게 인사하고 내가 집에 오면 절뚝거리며 다가왔어." 요아네가 이야기했다. "이따금 샌디는 테라스에 누워 잠을 잤고 나는 샌디 옆을 살금살금 지나갔지. 샌디는 앞이 안 보이는데도 항상 집 안 어딘가에서 나를 찾아냈어." 샌디는 질병과 장애에도 불구하고 여전히 삶을 즐기고 있었다. 결국 샌디에게 좋은 날보다 나쁜 날이 많아졌을 때 요아네는 둘이 함께하는 시간이 끝났다는 것을 알았다.

레이디 역시 늙고 병들었는데도 아직 높은 삶의 질을 누리고 있었다. 레이디는 귀가 거의 안 들렸고 마지막 해에는 장을 통제하지 못했다. 의도치 않게 실례를 하고나서도 전혀 알아채지 못했기에 레이디 자신에게는 괴로운일이 아니었다. 나는 배설물이 더 단단해져 쉽게 치울 수있도록 먹이를 조절했다. 개를 키우지 않는 친구들은 우리 집에 오는 일을 피하기 시작했다. '늙은 개' 냄새가 난다고 했다. 하지만 레이디는 짧은 산책을 즐겼고 햇빛을 받으며 마당에 누워 있기를 좋아했다. 점점 악화되는 관절염을 막기 위해 물리치료를 받았고 마지막에는 약도 먹었다. 레이디는 심장을 튼튼하게 해주고 몸속에 남는 물을 배출해주는 알약들을 먹었다.

하지만 약을 주는 것이 문제가 될 수도 있다. 가령 약으로 튼튼해진 심장이 허약해진 육체가 죽는 것을 허락하지 않는 경우가 그렇다. 자연스러운 죽음의 과정은 그런 식으로 자주 연장되곤 한다.

내가 길렀던 개 중에 클롭스라는 이름의 열다섯 살짜리 검은색 믹스견이 있었다. 클롭스는 죽기 두 주 전까지 몹시 튼튼하고 건강했다. 그러다 갑자기, 며칠 사이에 클롭스는 더 이상 산책을 가려 들지 않았고 가장 좋아하는 음식도 먹지 않았다. 클롭스는 완전히 틀어박혀 지냈다. 심지어 물을 줘도 거부하는 것을 보고 나는 클롭스에게 최후가 다가왔다는 것을 알았다. 수의사는 클롭스가 곧 죽는다는 것을 그저 확인해줄 수밖에 없었다.

개가 주위에 관심을 보이지 않고 삶에 흥미를 잃으면 죽음의 과정이 시작되었다는 신호일 수 있다. 징후는 다양할 수 있다. 어쩌면 잠이 늘고 깨워도 좀체 일어나지 않을지도 모른다. 개가 집 안에서 실례를 하기 시작한다. 식욕을 잃고 나중에는 물 마시기마저 거부하면 하루 이틀 새에 죽음이 찾아온다. 이러한 과정을 자연스럽게 거치는 개는 자다가 죽는 경우도 있다. 그러나 심한 병에 걸렸거나 다친 개는 고통을 느끼거나, 토하거나, 설사하거나, 호흡곤란을 겪거나, 큰 심적 불안을 느낄 수도 있다. 이런 경우에는 개의 고통을 끝내주는 일을 고려해야 한다.

계속해서 반복적으로 나타나는 경우, 반려견을 안락사시킬 때가 되었다는 신호가 될 수 있는 증상이 여럿 있다. 물론 결정을 내릴 때는 항상 꼼꼼히 따져보고 책임감 강한 수의사와 상의해야 한다. 이러한 증상 중 몇몇은 개의 상태가 일시적으로 안 좋을 때에도 나타날 수 있기 때문이다. 그런 경우라면 며칠 또는 몇 시간 내에 다시 건강을 회복한다.

1. 혼란: 예컨대 자기 방석이나 담요를 찾지 못한다.
2. 심하게 허약함: 비틀거리거나, 물건 또는 벽에 기대거나, 풀썩 쓰러져 휴식을 취한다.
3. 앉아서 물그릇 위로 머리를 가져가지만 물을 거의 혹은 아예 안 마신다.

4. 체온이 떨어진다.

5. 추위를 느끼거나, 주변이 추운데도 온기를 거부한다.

6. 눕거나 웅크리고 있으며 허공을 응시한다. 이때 눈이 멍하고 어떤 움직임도 좇지 않는다.

7. 반쯤 벌린 입으로 가쁘게 숨을 쉰다.

4. 죽음의 과정

많은 견주들은 반려견을 마지막으로 동물병원에 데려갈 때 개가 그것을 느낀다고 믿는다. 하지만 대개의 경우 개가 안절부절못하는 것은 그저 주인의 불안감을 느끼고 동물병원의 무서운 냄새를 알기 때문이기도 하다. 따라서 나는 가급적 가정의 익숙한 환경에서 반려견을 안락사시키기를 늘 권한다. 사랑하는 개가 자기에게 불안을 유발하거나 적어도 불편한 기억이 얽힌 곳에서 최후의 몇 시간 또는 몇 분을 보내지 않아도 되니까. 그것만으로도 이유는 충분하다. 우리 모두는 자기 집에서, 함께 살던 사람들과 동물들에게 둘러싸여 죽을 수 있기를 바라지 않겠는가? 오늘날 우리 대부분에게 그것은 더 이상 가능한 일이 아니다. 하지만 적어도 우리 개에게는 마지막 작별의 순간을 가능한 한 다정하고 편안하게 만들어줄 수 있다.

안락사 자체는 제대로 실시한다면 고통 없는 과정이며 마취제를 다량 투여하는 방식으로 이루어진다. 여러 물질로 구성되었으며 성분들의 복합 작용과 작용 기전이 불분명한 경우가 많은 '믹스 칵테일' 형식의 약제는 비판의 시선을 받는다. 이러한 이유로 T61이 몇 년 전 강력히 비판받았다.

T61은 근육을 마비시킴으로써(호흡근도 마비된다) 질식을 일으킨다. 이 약제는 반드시 동물을 **마취한 후에** 사용해야 한다. 사전 마취로 확실하게 의식을 잃게 함으로써 의식이 있는 상태에서 질식을 겪는 일이 일어나지 않도록 해야 한다. 만일 올바로 사용한다면 T61을 이용한 안락사 역시 평화롭고 동물 보호에 적합하다.

사전에 개를 마취하지 않은 채 치명적인 약을 정맥으로 직접 주입하는 방법은 개와 주인에게 또 하나의 끔찍한 경험이 된다. 이 방법을 둘러싸고 의견이 분분하다. 많은 수의사들은 이 방식이 어차피 몇 초 내에 죽음을 불러온다고, 그러니 마취를 하지 않아도 된다고 주장한다. 금방 끝난다는 것이다. 하지만 개는 의식이 온전한 상태에서 자기 몸이 마비되고 그와 더불어 심장이 멈추는 과정을 겪는다. 인간적인 관점으로 보나 전문적인 관점으로 보나 절대 정당화될 수 없는 일이다.

그러니 눈을 감지 말고 이 주제를 여러모로 생각하고 수의사와 미리 모든 사항을 세세히 상의하라. 수의사가 비협조적이거나 여러분의 걱정을 대수롭지 않게 여긴다면 즉시 수의사를 바꾸라. 이것은 여러분의 반려견 그리고 여러분의 마지막 배려가 달린 문제이다.

우리 수의사는 그러한 상황을 매우 섬세하게 다루며 견주의 감정과 체험도 고려한다. 그녀가 설명하는 안락사 과정은 다음과 같다.

"저는 다른 모든 마취제를 놓을 때처럼 브라우널레(말초 정맥 카테터)를 쓰죠. 개가 몹시 불안해하고 불안정한 경우에는 흥분이 가라앉고 긴장이 풀리도록 디아제팜[7]을 줘요. 그런 다음에 바르비투르산염(Eutha 77, Release, Norcodorm[8])으로 개를 깊이 마취시키죠. 그리고 반사를

---

7   진정제의 일종.
8   수면제, 진정제, 마취제 등으로 쓰인다.

통해 마취 상태를 확인해요. 눈꺼풀 반사와 각막 반사가 더 이상 없어야 해요. 눈 깜짝할 새면 끝나는 일이죠. **하지만 그 시간 동안 기다리는 게 중요해요.** 그래야만 개가 깊은 무의식 상태라고 확신할 수 있으니까요. 그것을 확인하고나면 비로소 안락사제를 주사해요. 저는 시작하기 전에 주인들에게 세세하게 설명해줘요. 안락사 도중에, 그리고 안락사 직후에 무슨 일이 일어나는지를요. 또 시간을 충분히 두고 작업을 해요. 안락사는 견주 집에서 실시하거나, 개와 주인과 저 외에는 아무도 없도록 진료 시간 외 시간에 약속을 잡고 실시하죠."

심정지 후에도 신경 활동이 일어날 수 있다는 사실을 알아두어야 한다. 이때 근육 경련이나 마지막 심호흡이 나타난다. 의학적으로 그러한 현상은 통제실 기능을 하는 뇌가 완전히 꺼졌다는 신호이며, 따라서 우리는 무의식 상태에서 진행되는 반사를 마지막으로 볼 수 있다.

수의사는 이제 청진기를 심장에 대고 뇌사에 바로 뒤따르는 심정지가 실제로 일어났음을 확인할 것이다. 많은 경우 그 후 한 시간 이내에 근육이 풀리면서 방광과 장의 내용물이 배출된다. 거기에도 대비를 해야 하며, 가장 좋은 건 개의 몸 밑에 담요를 두는 것이다.

『티베트 사자의 서』에 따르면 뇌사가 일어났더라도 실제 죽음의 과정은 아직 끝난 게 아니다. 호흡이 멎을 때부터 '내면의 호흡'이 끝나기까지의 시간은 전통적으로 '사람이 식사하는 데 필요한 시간', 즉 이십 분이라고 한다. 이 시간 동안에 모든 생명체는 육체적으로는 이미 죽었더라도 정신적으로는 아직 현존한다. 많은 사람들에게 이 시간과 그 이후의 시간은 반려견과 함께 겪은 그 어떤 시간보다도 강렬하게 다가온다.

죽은 레이디를 품에 안고 있었을 때 나는 아파하면서도 내내 아주 순수한 행복과 깊은 사랑과 밝은 빛을 느꼈다. 우리가 네 발 달린 생명체의 죽음을 경험하든, 두 발 달린 생명체의 죽음을 경험하든 마찬가지이다. 죽음의 순간에 우리에게는 어쩌면 천국의 창을 들여다볼 은총이 주어지는 것일지도 모른다…….

5. 애도의 과정

절대 가입하고 싶지 않지만 그럼에도 회원이 되고 마는 단체들이 있다. 우리는 말하자면 그곳에 '강제 가입'된다. 내 개가 죽고 난 후 나는 그런 단체 중 한 곳의 회원이 되었다. 그리고 개를 키우는 모든 사람은 어느 날 갑자기 자신이 그 단체에 들어간 것을 깨닫는다. '나는 반려견을 잃었습니다'라는 이름의 단체에. 누군가를 만나 "샌디는 어떻게 지내요?" 혹은 "코라는 어때요?"라고 물었는데 상대방이 "죽었어요"라고 대답할 때면 나는 항상 연민으로 마음이 너그러워지고 이렇게 생각한다. '클럽에 가입한 걸 환영해요.'

나는 애도 작업에 관해서는 전문가가 아니다. 하지만

아픔과 상실을 겪는 이라면 누구나 이런 상황에서 어떻게 대처하는 게 가장 좋은지 경험을 쌓게 되며, 나 역시 그랬다.

붓다와 어느 여인에 관한 이야기가 하나 있다. 아들을 여읜 여인이 붓다에게 아픔을 극복하도록 도와달라고 청했다. "제 아들이 죽었어요." 여인이 말했다. "아들을 다시 살려주세요."

붓다는 청을 들어주겠다고 약속했다. 아들을 되찾을 수 있다는 생각만으로도 여인의 아픔은 사라지기 시작했다.

"그런데 그 전에 네가 꼭 해야 하는 일이 있다." 붓다가 말했다. "나에게 돌멩이를 세 개 가져오너라. 각각의 돌멩이는 단 한 번도 상실을 겪지 않은 사람이나 가족한테서 받아 와야 한다."

여인은 그런 돌멩이를 줄 수 있는 세 사람을 찾아 길을 나섰다. 아주 오랜 시간이 지나고 여인이 붓다에게로 돌아왔다. 여인은 빈손이었다.

"돌멩이를 줄 수 있는 사람을 아무도 찾을 수 없었어요." 여인이 말했다.

"그래서 네가 배운 것이 무엇이냐?" 붓다가 물었다.

"우리 모두가 고통을 겪으며, 사랑하는 누군가를 혹은 무언가를 잃는다는 것을 배웠습니다."

반려견의 죽음은 끔찍한 경험이다. 이때 우리는 외부로부터의 위로를 거의 기대할 수 없다. 동물을 애도하는 일은 여전히 사회적으로 인정받지 못하기 일쑤다. 사람을 잃었을 때 우리는 한정된 기간 동안 공공연하게 애도해도 괜찮다. 하지만 개를 잃었을 때는 조용히 애도하고 마치 아무 일도 없었던 양 행동해야 한다. "고작 개 한 마리가지고." 흔한 반응이다. "그럼 또 새로운 개를 들이면 되지." 이렇게 말하는 사람은 대개 반려동물이 없는 이다. 그런 소리에 흔들리지 말자. 애도라는 감정에 대해 판단을 내릴 권리를 가진 사람은 아무도 없다.

애도의 단계들

사랑하는 존재의 죽음을 애도하는 때는 우리 삶에서 신성한 시간이다. 또 중요한 시간이기도 하다. 스위스 출신 의사인 엘리자베스 퀴블러로스 박사는 죽음 연구 분야에서 개척자로 통한다. 그녀는 1960년대에 상실을 겪는 사람들의 심리를 연구하기 시작했는데, 이 과정에서 애도하는 사람이라면 누구나 거치는 예측 가능한 현상들이 있다는 것을 밝혀냈다. 데이비드 케슬러와 함께 썼으며 그녀가 죽기 얼마 전에 완성한 마지막 책 『상실 수업』은 애도 작업을 집중적으로 다룬다. 이 책에서 퀴블러로스는 애도의 단계들을 다음과 같이 명명한다.

1. 부정
2. 분노
3. 타협
4. 우울
5. 수용

이 애도의 단계들은 집중적으로 연구되었으며, 서구 문화에서 성장한 모든 사람에게 똑같이 나타난다고 밝혀졌다. 사랑하는 사람(혹은 동물)을 잃은 후에 진행되는 이 과정은 정상적이고, 예측 가능하며, 치유를 가져다주는 정신 반응이며 우리는 그 과정을 거쳐야 마땅하다. 아픔을 극복하려면 **아픔을 통과해야만 한다.** 하지만 바로 그 일이 아주 어렵고 우리가 아픔을 단지 피하고만 싶어하기 때문에 이러한 애도 작업은 힘겹고 시간이 오래 걸리며 많은 인내를 요한다. 아픔을 통과하는 지름길을 찾고 이 모든 일을 피하려고만 하는 사람들에게는 길게 봤을 때 더 크고 더 심각한 문제가 생길 것이다. 근본적 주제와 마주할 때까지 문제는 오래도록 이런저런 식으로 덮쳐오고 불안을 유발할 것이다. 그러기까지는 긴 세월이 걸릴 수도 있고 아주 오래 고통받을 수도 있다. 극복되지 않은 경험은 오랜 시간에 걸쳐 부정적인 영향을 미치니까.

애도의 단계들은 저마다 다르게 찾아오며 느끼는 것도 제각각이다. 우리는 그 단계들을 자동으로 거치지 않는다. 그것은 차례차례 진행될 수도, 순서가 바뀌어 진행될 수도 있다. 한 단계 한 단계씩 진행될 수도, 여러 단계가 한 번에 진행될 수도 있다. 우리는 어느 한 단계에서 다른 단계보다 오래 머무를 것이다. 아무튼 애도의 단계들은 **우리를 찾아올 것이다.** 그리고 우리가 그것들을 받아들이고 전부 거친 뒤에야 비로소 사라질 것이다.

아나(62세)는 오랫동안 병을 앓던 남편을 잃었다. 그녀는 충격에 빠졌지만 상실을 놀라울 만큼 잘 이겨냈다. 반려견인 작은 암컷 푸들 루루가 그 과정에서 그녀에게 많은 도움이 되고 큰 위안을 주었다. 그 후 3년이 흐르는 사이 점점 루루는 죽은 남편의 역할을 맡았고 아나에게 전부가 되었다. 그러다 루루가 죽었다. 이번에 아나는 완전히 고통에 사로잡혔고 심각한 심장 문제 때문에 병원에 실려 가야 했다. 가족들은 그녀가 반려견의 죽음을 깊이 애도하는 것을 이해해주지 않았다. 아나는 겉으로는 씩씩한 척했고 집 안에 루루를 추모하는 장소를 마련했다. 루루의 사진과 장난감을 곳곳에 흩어놓고 루루의 유골을 벽난로 위에 두었다. 아나는 심리 치료를 받으면서 비로소 더 깊은 원인을 찾아낼 수 있었다. 아나는 단 한 번도 애도 과정을 완전히 거친 적이 없었다. 남편이 죽었을 때도, 반려견이 죽었을 때도 그랬다. 게다가 그녀는 심한 죄책감을 느끼고 있었다. 루루의 죽음이 남편의 죽음보다 더욱 절실하게 다가왔기 때문이다. 치료가 진행되면서, 아나가 젊은 시절에 유산을 했고 그 아이의 죽음 역시 제대로 애도한 적이 없다는 사실이 밝혀졌다. 즉, 그녀는 두 차례의 죽음에서 깊은 상처를 입었으나 반려견을 잃고나서야 자신의 모든 감정을 드러냈던 것이다. 아나가 치료사의 도움을 받아서 억제되었던 모든 감정을 극복할 수 있기까지 오랜 시간이 걸렸다. 현재 아나는 고양이 두 마리를 키우고 있다.

애도는 부자연스러운 일이 아니며 엄청난 상실을 대하는 극히 정상적인 반응이다. 많은 사람들이 우리를 위로한답시고 하는 몰이해한 소리처럼 "고작 개 한 마리"를 잃었더라도 말이다. 반려견은 삶의 과정에서 우리의 일부가 된다. 반려견이 죽으면 삶의 한 부분이 끝나는 것이다. 짐작건대 우리는 살면서 배우자나 자식보다 많은 수의 반려견을 잃을 것이다. 그렇기에 우리는 반려견에 대하여 애도의 단계들을 훨씬 더 자주 거칠 수밖에 없다. 그리고 이러한 슬픔을 새롭게 이겨내고 극복할 때마다 우리는 더 나이를 먹고 더 현명해지며 더욱 많은 추억을 회상할 수 있다. 아픔과 경험은 한 사람의 개인적 성장에서 밑바탕이 된다.

상실이란 무언가를 잃고, 슬퍼하고, 그러고나서 다시 이전 상태로 돌아가는 것이 아니다. 우리는 어쩌면 결코 예전과 똑같은 사람일 수 없을지도 모른다. 따라서 애도는 잃어버린 시간이 아니다. 우리가 보고 느끼는 슬픔이 다가 아니다. 우리에게는 훨씬 더 많은 일들이 일어난다.

삶은 우리를 탈바꿈하고 변화시킨다. 우리는 아픔 속에서, 아픈 와중에, 아픔을 통해, 아픔 때문에 변화한다. 많은 경우 가장 겪고 싶지 않은 경험들이 우리를 가장 많이 변화시키곤 한다. 세상만사의 이치를 믿어도 좋다. 아픔이 우리를 갈가리 찢어놓을 때 우리는 삶의 손안에 든 밀랍과 같다. 우리는 사랑을 통해 변화한다.

충격, 부정, 불신

개의 죽음에 대한 첫 번째 반응은 불신이다. 우리는 반려견이 죽어가고 있거나 죽었으며 우리 곁을 영원히 떠났다는 사실을 인정하려 들지 않는다. 충격을 받은 듯 가만히 서 있거나 최면에 빠진 상태로 움직인다. "착각하신 게 분명해요"라는 말은 우리가 수의사에게 처음 보이는 반응 중 하나이다. 반려견이 갑작스럽게 죽었다는 소리를 들으면 우리는 "정말로 죽었나요?"라며 계속해서 묻는다. 극단적인 상황에서 우리는 사태를 전혀 파악하지 못하고 나중에는 종종 그 일을 전혀 기억하지 못한다. 강한 충격과 건망증은 서로 비슷한 점이 많다. 우리는 더 이상 아무것도 느끼지 못하며 일종의 무감각에 빠진다. 인간의 정신은 이런 식으로 스스로를 보호한다.

이 단계에서 우리는 자신이 직간접적으로 경험한 일을 아직 믿으려 들지 않는다. 현실을 파악하고 받아들이려면 시간이 더 필요하다. 불신은 억압으로 변한다. 억압은 환상과 필사적인 희망을 토대로 우리의 소망을 충족시킨다.

가령 사고에 의해 갑작스레 상실이 닥쳐오면 우리는 현실을 억압한다. 그저 모든 게 악몽이기를, 우리 개가 금방이라도 모퉁이를 돌아 나타나 반갑게 맞아주기를 바란다. 충격은 예기치 못한 현실로부터, 그와 결부된 아픔으로부터 우리를 보호한다. 심지어 예고된 죽음도 갑작스러운 끝과 같다. 죽음은 긴 우정에 마침표를 찍으며 변화를 예고한다. 그러한 변화는 받아들이기 힘들 수밖에 없다. 우리는 구석에 틀어박혀서 무감각하고 우울한 자신을 느낀다. 아니면 안절부절못한다. 마치 악몽을 꾸는 것 같고 빨리 깨어나기를 바란다.

반려견의 사인이 무엇이든 간에 이 첫 번째 단계 전체는 비현실적인 면을 가진다. 그런 비현실적인 면은 상실을 '견뎌내고' 우리의 감정을 정리하는 데 도움이 되기도 한다. 대개 이 단계는 짧으며 다행히도 빨리 지나간다.

타협

　때때로 현실에 대한 '지체된 부정'이 나타나기도 한다. 이 상태는 늦게 찾아온다. 장례를 치르고나서 한참 뒤에 오는 경우도 많다. 이러한 상태는 자신이 혼자이며 의지할 데 없이 외롭다고 느낄 때 가장 빨리 찾아오는 것 같다. 반려견의 존재가 여전히 매우 강한 나머지, 일을 마치고 귀가하면 반려견이 문 앞에서 우리를 맞아줄 거라고 무의식중에 기대를 품는다. 집은 텅 비어 있고 더 이상 아무것도 현실로 보이지 않는다. 이 단계에서 가벼운 환각 증상이 일어나는 것은 이상한 일이 아니다. 우리는 반려견의 발소리를 듣고 반려견의 냄새를 맡는다. 깊은 애도 중에 우리는 논리와 완전히 동떨어져 감각하고 사고한다. 이 격심한 아픔을 끝낼 수 있다면 뭐든 내줄 것이다. 그럼 기도를 하는 게 어떨까? 신이 우리의 심각한 상황을 보면 작은 기적을 일으켜줄지도 모르지 않을까? 기적은 존재한다. 우리는 그렇다고 배웠다. 세상 도처에서 불가능한 일이 가능해졌다. 우리에게도, 우리의 아픔에 대해서도 그러지 말란 법이 뭐가 있는가? 그리하여 우리는 실낱같은 희망의 빛과 환상을 향해 달려든다. 예를 들어 반려견이 갑자기 사라져버려서 찾을 수 없는 경우처럼 죽음이나 상실을 실제로 체험하지 못한 때에는 특히 더 그렇다. 사라진 반려동물이 몇 년 후에 다시 나타났다는 이야기가 계속해서 들려온다. 우리 개도 그러지 말란 법이 뭐가 있는가?

네 발 달린 친구를 동물병원에서 안락사시켜야 하는 때에도 종종 우리는 개가 기적같이 다시 살아나 건강해질 거라고 터무니없는 희망을 품는다. 다시 말해 타협을 하는 것이다. "하느님, 부탁드려요. 벨로가 다시 건강해진다면, 벨로가 무사히 집으로 돌아온다면, 꼭 더 잘 돌봐줄 거예요. 산책도 더 많이 시키고……."

이 시기에 억압과 부정은 수많은 형태로 나타난다. 어떻게 대처하는 것이 가장 좋을까? 우리는 현실을 볼 준비가 될 때까지 이 모든 감정을 그냥 받아들여야 한다. 그때까지 우리 자신을 너그럽고 참을성 있게 대해야 한다. 그러다보면 부정의 과정은 서서히 잦아들고 애도의 다음 단계에 이르게 된다.

반응, 터지는 감정들

이 단계에서 우리는 희망을 놓아버린 상태이다. 온전한 아픔과 완전한 절망을 느낀다. 이제 현실이 눈에 들어오고 우리는 삶과 죽음을 마음대로 할 수 없다는 사실을 알게 된다. 동시에 우리가 마음속 깊은 곳에서 생각보다 죽음에 대해 훨씬 더 잘 안다는 사실을 깨닫는다. 그 결과 많은 이들이 큰 불안을 느낀다.

분노

현실을 보기 시작하면 감정의 물결이 몰려온다. 눈물을 쏟고 격하게 화내는 것은 정상이다. 이는 압도적인 좌절감과 분노의 감정에 대한 하나의 반응이다. 그리하여 우리는 아무에게나 분노를 배출하게 된다.

이 단계에서 스스로에게 인내심을 가져야 한다. 우리는 미쳤거나 지나치게 예민한 게 아니며, 우리의 우선순위가 잘못된 것도 아니다. 우리는 반려견의 삶을 완벽히 통제하고 돌보던 상태에서 완전히 의지할 데 없고 절망적인 상태로 갑자기 내던져졌다. 이 죽음이 일어나서는 안 됐다고, 신이, 운명이, 혹은 뭐가 되었든 간에 그것이 우리를 버렸다고 느낀다. 절대적으로, 완전히 무력한 상태이다. 아직 반려견을 위해 모든 결정을 내릴 수 있었던 때에 우리가 가졌던 자유와 완전히 반대되는 상태이다. 우리는 그 자유를 별안간 빼앗겼으며 한순간에 무기력하고 쓸모없는 존재가 되어버렸다. 이러한 좌절은 도무지 견딜 수가 없다. 그렇다면 분노는 완전히 **정상적인** 반응이다. 하지만 우리 중 대부분은 분노를 표출하는 데 문제를 겪는다. 왜냐하면 그것은 익숙지 않은 일이고 사회적으로 용인되지 않기 때문이다.

이제 반려견의 죽음에 아주 조금이라도 관여된 사람이라면 누구나 분노의 희생양이자 표적이 된다. 이 모든 일과 가장 밀접한 수의사는 우리의 첫 번째 희생자가 될 수 있다. 수의사는 전혀 죄가 없을 수 있다. 그러나 우리는 지금 더는 아무것도 현실적으로 보지 않으며 분노를 아무에게나 쏟아내려 한다. 다른 사람들뿐 아니라 자기 자신에게도 화를 낸다. 자기가 했던 이런저런 일에 대해, 하지 않았던 일들에 대해 격분한다.

때때로 우리는 신에게 몹시 화가 난다. 세상 온갖 곳에서 살인자들이 자유로이 활보하는 마당에 왜 순수하고 무조건적인 사랑을 줄 뿐인 동물이 죽어야만 했는가?

심지어 반려견에게도 격분한다. "옆에서 붙어 가야 했는데 왜 도로로 뛰어든 거지?" 혹은 "왜 지금 나를 홀로 남겨둔 거지? 한동안 더 버틸 수 있었을 텐데."

내 친구는 키우던 개가 죽고나자 남은 두 마리 반려견에게 아주 난데없이 불합리하게 분노를 터뜨렸다. "왜 너희는 아직 살아 있는데 우리 귀염둥이는 죽은 거지?" 자신이 남은 개들을 학대하고 부당하게 대했음을 알고나서야 그녀는 애도하는 자신을 도우려 한 최고의 친구들을 자기가 밀쳐냈다는 사실을 깨달았다.

사랑하는 동물의 삶이 갑작스레 끝나면 우리는 무엇이 옳고 그른지 판단하는 능력을 일시적으로 잃어버린다. 아주 조금이라도 책임을 지울 수 있을 사람들과 상황들은 저주의 대상이 된다. 아주 작디작은 모기도 거대한 코끼리가 될 수 있다. 보통 때라면 넘어갈 사건이 이 단계에서는 부풀려지고 과장된다.

그런데 분노는 다르게도 표출된다. 분노가 내부를 향할 수도 있다. 소위 '실패'에 대한 책임을 자기 자신에게 돌리는 것은 인간으로서 아주 정상적인 반응이다. 심지어 반려견은 죽어야만 했는데 우리가 아직 살아 있다는 데 분노할 수도 있으며, 그 결과 우울증에 걸릴 수 있다. 이제 우리에게는 다정한 관심이 필요하다. 하지만 바로 이 상태에서 우리는 주변 사람에게서 그런 관심을 기대하기가 매우 어렵다.

때때로 우리는 자신에게 너무도 화가 난 나머지 다른 이들이 더는 용인할 수 없는 사회적 상황을 만든다. 우리 뒤에 놓인 다리를 불필요하게 끊어버림으로써 자기 파괴적인 반응으로 스스로를 징벌한다. 자신을 위해서 그러한 분노를 통제해야 한다.

의심의 여지 없이 우리는 상처를 받았으며, 우리를 잘 아는 바로 그 사람들이 끔찍한 아픔을 더 잘 알아주어야 마땅하다. 그러나 언제나 둔감한 사람들이 있는 법이다. 사실이 그렇다. 그들 중 몇몇은 분명 우리와 마찬가지로 이미 상실을 경험했고 제대로 대처하지 못했을 것이다. 우리의 아픔은 그들을 다시금 기억 속으로 빠뜨린다. 어쩌면 그들은 지금 우리를 어떻게 대하고 위로해야 할지 그냥 모를 수도 있다. 우리는 그들이 왜 그렇게 반응하는지 알지 못한다. 언제까지 계속해서 그들에게 분노를 쏟아내려는 걸까? 우리는 언제쯤 용서할 준비가 될까?(그리고 용서할 마음이 생길까?)

나는 가정적으로 몹시 힘든 상황에 처해 있을 때 첫 번째 반려견을 안락사시켜야만 했다. 나는 이혼하기 직전이었고 어디로 가야 할지 몰랐다. 반려견이 치명적인 병에 걸렸지만 남편의 지원을 받지 못했다. 남편은 내가 "개 한 마리 가지고 난리"를 피운다며 성을 냈다. 개의 임종을 돕는 동안에 나는 온 힘을 다했고 감정을 전부 억눌렀다. 개가 죽고나자 모든 분노가 터져 나왔다. 나는 내가 버림받았다고 느꼈고 모든 사물과 사람을 비난했다. 내 반려견을 도울 수 없었던 수의사, 나를 홀로 내버려둔 남편, 이 모든 고통에 대해 전혀 아무렇지도 않아 하는 나머지 세상을 비난했다.

대단히 감정적인 이 단계는 여러 주 동안 지속되었다. 나는 혼자 있을 때면 소리를 질러대며 나의 아픔과 분노를 분출했다. 이러한 감정들은 아주 서서히 잦아들어갔다. 나는 남편이 내가 상상했던 남자가 아니라는 것을, 힘든 상황에서 내 곁에 있어줄 사람이 아니라는 것을 받아들이게 되었다. 마침내 나는 우리의 결혼에 종지부를 찍었다. 이제는 분노 어린 반응을 보이는 대신 심사숙고해서, 실제 애도 과정과는 독립적으로 결정을 내렸다.

분노는 사회적으로 용인되지 않는다. 많은 이들이 분노를 드러내는 것을 금기시하는 가정에서 자라난다. 그래서 분노를 다루는 대신에 억누른다. 분노는 좋은 것이다. 분노는 우리가 행동하도록 동기를 부여하며, 환경을 더 잘 제어하도록 도와준다. 부적절하거나 폭력적이지 않은 한 분노는 유용하고 건강한 반응일 수 있다. 가령 주먹으로 쿠션을 치거나 뇌우가 쏟아질 때 밖으로 뛰쳐나가 천둥을 향해 소리를 내지르면서 분노를 배출할 수 있다.

분노는 그냥 있는 것이다. 분노는 우리가 몸소 겪는 감정이지만 그것에 대해 판단을 내리면 안 된다. 다른 모든 감정처럼 분노 역시 우리에게 무언가를 말해준다. 분노는 죽은 개에 대한 우리의 깊은 사랑을 나타내는 표시이기도 하며, 우리가 앞으로 나아간다는 것을 보여준다. 분노를 거친 뒤에 우리는 이전에 억압했던 감정들을 너그러이 받아들이기 때문이다. 내 예전 동료 중 하나는 브리더에게서 첫 반려견을 샀다. 갈색 래브라도 강아지였다. 그녀는 칠리라는 이름을 붙여주었다. 온 가족이 기쁜 마음으로 네 발 달린 조그만 친구를 맞이할 준비를 갖췄다. 나는 그 신참 견주에게 강아지 놀이 모임을 추천했다. 나도 반려견과 함께 그 모임에 참여한 적이 있었고, 그곳에서 조그만 칠리를 잘 보살피리라는 것을 알았다. 8개월 된 칠리가 집으로 오자 내 동료는 모든 걸 제대로 하려고 노력했다. 수많은 책에 나오는 전문가들의 조언을 따랐고 내가 추천한 놀이 모임에도 참여했다. 그녀는 모든 것이 새로웠고 마음 같아서는 칠리를 항상 안고 있고 싶었지만 강아지는 모임에서 굉장히 재미있게 놀았다. 두 번째 모임이 끝난 뒤에 동료는 몇 시간 더 일을 해야 해서 부모님 집에 칠리를 맡겼다. 그녀의 아버지는 강아지와 함께 정원에 있으면서 산울타리를 다듬었다. 칠리는 굉장히 신나서 온 사방을 뛰어다녔다. 몇 시간 후 강아지가 구토와 설사를 했다. 수의사는 아무 이상도 발견하지 못했고 항생제를 주었다. 밤사이 칠리의 상태는 눈에 띄게 나빠졌다. 쉼 없이 토했다. 그러다 아침이 되어 동물병원으로 데려갔고 칠리는 한 시간 뒤에 죽었다.

내 동료는 스스로에게 끔찍한 비난을 퍼부었다. 그녀는 놀이 모임에 왔던 다른 강아지가 칠리에게 치명적인 바

이러스를 옮겼다고 확신했다. 하룻밤 기다리는 대신 곧장 동물병원에 갔더라면. 강아지를 부모님 집에 맡기지 않고 데리고 있었더라면. 동료는 화를 냈다. 놀이 모임을 알려준 나에게 화를 냈고, 내 말을 귀담아들은 자신에게도 화를 냈다. 이성적으로 따져보면 말도 안 되지만, 나는 그녀에게 강아지 모임을 추천해준 데 대해 죄책감을 느꼈다. 강아지의 사인이 명확히 밝혀지지 않았는데도 말이다.

때로는 아무도 잘못하지 않았지만 불상사들이 일어나는 법이다. 하지만 이 사례에서 볼 수 있듯 네 발 달린 친구가 오래오래 살았으면 하는 희망이 고작 몇 주 만에 송두리째 무너져 내릴 때는 합리적인 사고가 불가능하며 굉장히 깊은 감정들이 우리를 지배한다.

죄책감

죄책감은 어떤 의무나 임무를 다하지 못했을 때 나타나는 정상적인 반응이며, 흥미롭게도 동물들에게서는 관찰할 수 없는 감정이다.

주인이 직장에서 집으로 돌아와보니 벨로가 소파를 조각조각 찢어놓았다. 지금 벨로는 꼬리를 다리 사이에 끼우고 구석에 누워서 호통이 떨어지기를 '기다린다'. 주인은 '저 녀석 죄책감을 느끼는군' 하고 생각한다. 그러나 몸짓언어를 읽는 데 달인인 벨로는 주인의 반응을 통해 지금 뭔가 문제가 생겼으며 주인이 몹시 화가 났다는 것을 알아챘을 뿐이다. 그러면서도 벨로는 뭐가 문제인지 전혀 모른다. 죄책감이란 인간이 '만들어낸 것'이니까.

반려견을 책임지기로 할 때 우리는 항상 곁에 있으면서 반려견을 돌봐주겠다고 약속한다. 여기에서 죽음은 계획에 없다. 그러다 죽음이 찾아오면 완전한 무력감이 우리를 사로잡는다. 우리는 반려견에 대하여 신과 같은 역할을 맡았는데 그 역할을 해내지 못한 것이다. 아무리 사랑을 쏟는다 해도 우주를 제어할 수는 없다.

'만일 내가' 무언가를 다르게 했더라면 어떻게 '되었을까?' 하며 고뇌하고 번민한다.

샐리는 늙고 귀가 완전히 먹은 레트리버 암컷이다. 샐리는 온 가족의 사랑을 받는 개로, 이제 고향의 농가에서 대부분의 시간을 볕 쬐며 잠을 자면서 삶의 황혼기를 즐기고 있었다. 그러던 어느 날 샐리는 주인인 농부 카를이 모는 트랙터에 치였다. 샐리는 타이어 뒤쪽 잘 보이지 않는 곳에 누워 있었고 트랙터에 시동이 걸리는 소리를 듣지 못했다. "내가 내려서 한 번 더 살펴봤더라면."

크리스타의 반려견인 샌디는 늘 줄 없이 얌전하게 주인 옆에서 걷는다. 시내에서도 마찬가지이다. 크리스타는 "말을 잘 듣는 아이야"라고 굳게 믿었다. 그러던 어느 날 고양이 한 마리가 샌디의 눈앞에서 도로를 건너갔고, 그 순간 샌디는 평소의 완벽한 복종을 망각했다. 샌디는 차에 치여 죽었다. 샌디의 주인은 괴로워했다. "내가 그냥 줄을 채웠더라면."

이런저런 일들이 일어난다. 우리는 그저 인간일 뿐 신이 아니다. 모든 것을 제어할 수는 없으며, 우리도 실수를 범한다는 것을 인정해야 한다.

동물을 안락사시킬 수밖에 없었던 경우 우리는 이후에 특히 무거운 죄책감을 느낀다. 좀 더 기다려볼 수 있지 않았을까? 아니면 너무 늦게 결정을 내리는 바람에 우리 개가 너무 오래 고통을 받았을까?

첫 번째 반려견이 죽은 후에 나는 죄책감에서 도무지 빠져나올 수 없었다. 죄책감은 누그러지기는 했지만 이따금 다시금 확 치솟았다. 나는 불행하고 의존적인 관계 속에서 살고 있었고 스스로 큰 문제를 안고 있었기 때문에 그 아이를 막 대한 경우가 많았다. 나는 스스로를 거의 돌볼 수가 없었다. 개는 말할 것도 없고 말이다. 상황이 아주 서서히 나아졌고 나는 다시 개를 돌볼 수 있게 되었다. 녀석은 몹시 어려운 시간에 다정하게 내 곁에 있어주었다. 그 아이와 보낸 마지막 몇 해 동안 나는 모든 것을 다시 만회하려고 노력했다. 내 개가 죽음을 앞두게 되고 결국 그 아이를 마지막으로 동물병원에 데려가야 했을 때, 나는 내가 한 일과 하지 않은 일에 대해 그 아이에게 수없이 용서를 빌었다. 내 개가 이미 오래전에 나를 용서했음을 알았지만 내가 스스로를 용서할 수 있기까지는 훨씬 더 오랜 시간이 걸렸다.

죄책감. 죄책감은 우리를 찾아온다. 우리는 많은 경우 부당하게, 가끔은 정당하게도 죄책감을 느낀다. 하지만 언제까지 죄책감을 키우고 품을 것인가? 우리는 언젠가 자기 마음속으로 깊이 들어가 스스로를 사랑하기 시작해야 한다. 자신을 용서하고 죄책감을 누그러뜨려야 한다. 아픈 기억은 늘 우리를 따라다닐 것이다. 그러나 우리가 네 발 달린 친구와 함께 나눈 멋진 경험과 사랑도 마찬가지이다. 만일 개가 우리에 대해 판결을 내려야 한다면 아마 그들은 오래전에 우리를 용서했을 것이다.

엘리자베스 퀴블러로스는 죄책감과 시간 사이에서 밀접한 관계를 본다. "죄책감은 늘 과거로부터 오기 때문에 지나간 일을 계속해서 존재하게 만든다. 그것은 현실을 피하기 위한 하나의 방법이다. 죄책감은 과거를 미래로 끌어들인다. 우리의 죄책감을 놓아주어야만 진정으로 우리의 과거 역시 놓아주고 새로운 미래를 시작할 수 있다."(『인생 수업』)

누군가가 말했다. "한번 받은 죄책감은 끊임없이 계속된다." 죄책감은 영원히 지속되는 것 같다. 심지어 다시 기쁨을 느끼기 시작할 때도 우리는 스스로가 더는 행복을 누릴 자격이 없다고 생각하면서 긍정적인 감정을 파괴한다. 자신을 용서하려면 용기가 필요하다.

우리가 가진 모든 결점에도 불구하고 반려견들은 우리를 사랑했다. 그들은 우리 안에서 좋은 점을 보았다. 이제는 그런 좋은 점을 우리 자신 안에서 다시 찾고 발견해야 하는 때다. 그러니 우리 개가 우리 안에서 본 모습대로 다시 멋진 사람이 되자.

우울

삶에서 맞닥뜨리는 급격한 변화들은 스트레스를 유발한다. 심리학자 토머스 홈스와 R. H. 레이는 이미 1967년에 스트레스의 심각도를 평가하기 위해 '사회 재적응 척도(Social Readjustment Scale)'를 개발했다. 그에 따르면 배우자의 죽음은 100점으로 가장 높은 자리를 차지한다. 이혼(73점), 별거(65점), 투옥(63점), 가족의 죽음(63점) 등 다른 중요한 관계들을 상실하는 경우가 그 뒤를 이었다. 이 척도에 따라 12개월 이내에 300점 이상을 얻는 사람은 심각한 병에 걸릴 확률이 80퍼센트이다. '고작' 150점만 넘어도 중병에 걸릴 확률이 높다. 홈스와 레이는 이 척도를 개발할 때 반려동물의 죽음은 염두에 두지 않았다. 그러나 많은 사람들에게 반려동물의 죽음은 가족의 사망이나 같다. 혹은 더 나쁜 일이다.

내 친구인 알렉스는 여러 해 전부터 암을 잘 다스리고 있었고 건강하다고 여겨졌다. 우리 둘이 알래스카에서 황야 투어를 하는 동안 그녀는 규칙적으로 집에 전화를 걸었다. 떠나올 때 몸 상태가 조금 안 좋았던 늙은 말라뮤트가 잘 지내는지 확인하기 위해서였다. 그러던 어느 날 그녀는 남편에게서 개가 죽었다는 소식을 들었다. 알렉스는 완전히 좌절했고 휴가를 온 데 대해 몹시 자책했다. 그 말라뮤트는 세 마리 반려견 중에 제일 아끼는 녀석이었고 그녀는 그 개를 새끼 때부터 키워왔다. 우리가 돌아오고 몇 달 뒤 알렉스의 암이 재발했다. 알렉스가 죽기 얼마 전에 나는 그녀와 이야기를 나눴다. 그녀는 미소를 지으며 말하길 이제 곧 다시 자기 개와 함께하는 것이 기대된다고 했다.

트라우마를 경험한 다른 모든 이들처럼 반려동물과 사별한 사람들도 병에 걸릴 위험성이 더 높다. 전체 견주 중 90퍼센트는 반려견이 죽은 후에 수면 장애와 섭식 장애를 일으킨다.(임상적 우울증의 두 가지 증상이다.) 이들은 두문불출하며 사회 활동을 피한다. 결혼한 커플은 반려동물이 죽은 뒤에 더 일찍 갈라선다. 이 모든 증상은 우리가 반려동물의 상실을 진지하게 받아들여야 한다는 점과, 그 상실이 건강과 결혼 혹은 직업에 해를 끼칠 수 있다는 점을 보여준다.

이 단계에서 우리의 감정적인 힘은 완전히 사라진 듯 보인다. 이제 개의 죽음과 자신의 불행 말고는 아무것도 관심을 끄는 것 같지 않다. 무감각이 우리를 덮친다. 삶은 너무나도 버겁고 그냥 몹시 슬프기만 하다. 이 단계에서 우리는 세상에서 물러나 괴로워하기를 원한다. 자존감은 바닥을 찍고 이제 모든 게 아무래도 상관없다. 만일 지금 마술 지팡이를 든 예쁜 요정이 찾아와서 단번에 우리를 다시 즐겁게 만들어준다고 한다면 그 제안을 거절할 것이다. 기분이 나아지기를 **원하지 않으니까.** 결코 다시 즐거워지지 않을 것이며 심지어 도와주려는 좋은 친구들도 밀쳐낼 것이라는 점을 우리는 안다. 지금 반려견의 상실을 슬퍼하는 것은 몹시 개인적인 일이기에 그 슬픔을 누구와도 공유하고 싶지 않다. 우리의 영혼은 스스로를 보호하기 위한 방으로 들어간다.

우리는 우울을 받아들이고 감내해야만 한다. 삶이 변화할 때 더는 나답지 않은 자신을 한동안 느낄 준비가 되어 있어야 한다.

대부분은 이 단계를 비교적 빨리 통과한다. 흥미롭게도 애도 중에 느끼는 우울은 좋은 과정이다. 왜냐하면 우울은 강렬한 감정들을 지워버리고 우리에게 새로운 현실에서 살아갈 시간을 주기 때문이다. 우울은 자연스러운 치유 과정의 일부이다. 우리는 우울을 통해 다시 새로운 내면적 힘을 얻는다.

우울이 지나가면 이제 애도 과정의 마지막 부분에 다가간다. 가장 나쁜 것은 지나갔다. 우리는 네 발 달린 친구가 죽은 후 처음으로 아픔의 끝을 생각하게 되며, 터널 끝에서 한 줄기 작은 빛을 본다.

수용 그리고 추스르기

레이디가 죽은 지 벌써 몇 주가 지났다. 이따금 아픔은 잦아드는 듯했고 일상은 계속되고 있었다. 그러다 다음과 같은 순간이 찾아왔다. 나는 몇 가지 물건을 살 게 있어서 차를 몰고 시내로 나갔다가 도로에 누워 있는 죽은 다람쥐를 보았다. 차들은 그저 빙 둘러 갈 뿐 아무도 신경 쓰는 사람이 없었다. 나는 차를 세운 뒤 그 작은 동물을 집어 들고 어느 나무 아래로 갔다. 다람쥐의 몸은 아직 따뜻하고 부드러웠으며 코에서는 담홍색 피가 조금 흘러나왔다. 아마도 조금 전에 막 차에 치인 것 같았다. 나는 나뭇잎으로 만든 침대에 살포시 다람쥐를 놓고 또다시 나뭇잎으로 덮어준 다음, 짤막한 기도와 함께 다람쥐 천국으로 보내주었다. 차로 돌아가면서 나는 레이디를 떠올릴 수밖에 없었다. 레이디는 찍찍대는 다람쥐들을 나무 위로 쫓아내는 일을 굉장히 좋아했다. 나는 레이디가 지금도 그러고 있을지 궁금했다. 그 아이가 어디에 있든 말이다. 집으로 가는 길에 나는 우리가 즐겨 찾던 들판을 지났다. 특히 레이디가 더는 멀리 다닐 수 없게 되었던 마지막 두 해 동안 우리는 그곳에서 짧은 산책을 하곤 했다. 나는 차를 세웠다. 작은 다람쥐의 몸에서 느꼈던 온기를 생각하는 동안 나는 레이디의 죽은 몸에서 느껴지던 온기를, 레이디가—이미 조금 뻣뻣해진 다리로—여전히 들판을 달리고 코로 새로운 냄새를 실컷 탐색하던 시절을 떠올렸다. 주먹으로 명치를 때리는 것처럼 아픔의 물결이 나를 찾아왔다. 나는 울음을 그칠 수 없었고 끔찍하게 고독했다. 아픔이 잦아들고 좋고 아름다운 추억이 다시 우세해지기까지는 긴 시간이 걸렸다.

수용이란 모든 상황을 단번에 받아들여야 한다는 것이 아니다. 지금 일어나는 일과 현재 느끼는 것을 받아들이면 족하다. 우리의 감정들은 제멋대로 날뛸 것이다. 어느 순간에는 화를 내고 불안해하다가 곧 다시 거리를 두고

다음 순간에는 바닥에 앉아 큰 소리로 흐느낀다. 이어서 또 한 가지 느끼는 것, 앞날을 바라보면 우리는 공황 상태에 빠진다. 우리 개 없이 어떻게 다시 즐거울 수 있을까?

언젠가 우리는 계속되는 애도에, 싸움에, 그리고 우리가 바꿀 수 없는 뭔가를 바꾸려는 시도에 너무도 기진맥진해진다. 우리는 포기하고 내려놓는다. 이제 치유의 과정이 시작될 수 있다. 우리는 위로를 선사받는다. 오늘 그리고 지금. 중요한 변화들이 일어날 것이다. 하지만 변화는 항상 우리가 무언가를 **하는 동안에** 일어나는 것은 아니며, 많은 경우 그저 순간을 의식하는 동안에 일어난다. 그러면 삶의 자연스러운 흐름이 우리를 변화시키고 아픔을 가져갈 것이다.

우리는 아주 천천히 외부에 관심을 가지기 시작한다. 가끔 다시 집중할 수 있고 다른 일도 생각할 수 있다. 비록 기분이 계속 널뛰기는 하지만 아픔은 더 이상 그렇게 강렬하지 않다. 때때로 밤새 통잠을 자고 식욕이 생긴다. 우리 몸은 균형을 되찾는다. 하루아침에 그리 되는 게 아니다. 우리는 우울한 단계와 추스르는 단계를 오간다. 이따금 외출을 하고 이웃집 개를 보면 눈물을 터뜨린다. 우리는 진심으로 웃고, 그러면서 그 익숙지 않은 울림에 깜짝 놀란다.

긴 슬픔의 단계가 지나고 처음으로 다시 라디오에서 나오는 멜로디를 따라 흥얼거렸을 때, 우선 나는 어디에서 목소리가 나왔는지 도통 알 수 없었다. 이어서 내가 다시 노래를 불러도 되는지 확신하지 못했다.

첫 번째 반려견이 죽은 후 나는 일에 빠졌고 다시는 개를 키울 생각을 말자고 결심했다. 사랑하는 무언가 혹은 누군가를 잃는 것은 너무도 아픈 일이었다. 나는 반려견 없는 시간을 이용해서 미국에 장기간 머물렀고 그곳에 있는 늑대 공원에서 동물행동학 실습을 시작했다. 늑대들의 존재를 통해 나는 많이 치유되었고 많은 것을 배웠다. 늑대들은 삶이 계속된다는 것을 나에게 보여주었다. 그러고 몇 달 뒤 불현듯 깨달았다. 이제 내가 다시 새 반려견을 받아들일 준비가 되었다는 사실을 말이다. 나는 바로 아픔을 상기하지 않으면서 다시 사랑할 수 있었다.

모든 일에는 나름의 시간이 있다. 성경에 이미 그에 관한 기록이 있다. 울 시간과 웃을 시간, 붙잡을 시간과 내려놓을 시간. 애도의 마지막 단계는 내적 성장과 치유의 시간이다. 기억이 바래지 않으면서 아픔을 내려놓을 수 있는 시간이다. 상처를 꿰매는 시간이다. 비록 흉터는 남겠지만.

우리는 내려놓기를 두려워한다. 그러면 우리 개를 잊을까 염려가 되기 때문이다. 어떻게 내려놓을까? 엘리자베스 퀴블러로스는 그것을 줄다리기에 빗대 설명한다. "그냥 놓는 것이다."(『인생 수업』) 하지만 내려놓는다고 잃는 것은 아니다. 내려놓기란 느슨하게 하는 것이다. 나는 싸우는 일을 그만두어도 된다. 모든 것을 바꾸고 제어하려는 생각을 그만두어도 된다. 바꿀 수 없는 것을 받아들여야 한다.

우리는 계속해서 나아갈 것이며 다시 사랑할 것이다. 하지만 상실을 늘 가슴속에 지닐 것이다. 우리 모두는 필연적으로 죽으며 아무도 죽음에서 벗어날 수 없다. 죽음은 적이 아니라 우리 모두가 언젠가 맞이할 친구이다. 서구 문명은 죽음을 터부시했지만 대부분의 원시민족에게 죽음은 삶을 이루는 아주 자연스러운 요소이다. 우리가 죽음에서 비극적이고 슬픈 점만 본다면 그것은 삶의 가치를 낮추는 일이다. 자연의 모든 것에는 시작과 끝이 있으며 우리는 이 자연의 일부이다.

시간이 모든 상처를 치유해준다고 사람들은 말한다. 완전히 맞는 말은 아니다. 어떤 상처는 계속해서 아프니까. 우리는 이 상처와 함께 살아가고 그로부터 멋진 추억을 만들어내는 법을 배워야 한다. 그것이 세상을 떠난 우리의 네 발 달린 친구들을 가장 잘 기리는 방법이다. 시간이 흐르면서 우리가 그들을 덜 사랑하게 되는 것은 아니지만 우리는 점점 죽음으로부터 벗어나게 되리라. 우리는 아픔—하지만 추억은 빼고—을 내려놓는 법을 배운다. 이러한 과정은 꼭 필요하며 중요하다. 그러는 동안 우리는 변화하게 된다. 반려견과 함께한 시간은 우리에게 선물이었고 삶을 풍요롭게 만들어주었다. 이제 우리는 스스로의 삶을 아주 충만하게 살고 더 나은 사람이 됨으로써 반려견의 삶을 기려야 한다.

만일 커다란 상실감을 겪는다고 느낀다면 그것은 우리가 삶으로부터 그만큼 크나큰 축복을 받았기 때문이다. 그리고 우리는 그 점에 감사해야 마땅하다.

6. 마지막 준비와 의식

동물 장례는 새로운 일이 아니다. 약 7,000년 전부터 인간은 네 발 달린 길동무의 장례를 지냈다. 처음으로 개 장례를 치른 이들은 개를 반려동물로 기르던 수메르인들이었다. 동물 장례는 고대 이집트에서 전성기를 누렸다. 그곳에서는 신성하다고 여기는 수많은 동물들을 호화롭게 방부 처리하고 의례에 따라 매장했다. 특히 고양이, 악어, 매가 그런 동물이었다. 하지만 개도 숭배를 받았고 미라로 만들어졌으며 별도 묘지에 매장되었다. 자칼의 모습을 한 죽음의 신 아누비스(길들여진 개의 원형으로 궤 위에 누워 있다)는 이집트 파라오 투탕카멘의 석실을 지키는 파수꾼으로 발견되었다. 아누비스는 이집트인들의 신앙에서 사람을 저승으로 인도하는 존재였다. 동물 장례는 중세 초기에 알레만족과 프랑크족, 색슨족 등에게서 또다시 전성기를 맞이했다. 이들은 부자가 죽으면 그가 소유했던 말, 개와 함께 매장했다.

오늘날에도 동물 묘지가 있다. 거의 모든 대도시에서 동물 공동묘지를 이용할 수 있다.[9] 세계에서 가장 오래되었으며 가장 유명한 동물 공동묘지 중 하나는 파리 남쪽의 아니에르쉬르센에 있다. 이미 1899년에 이곳에 첫 번째 묘비가 세워졌다. 개장 이래로 약 10만 마리의 동물이 안장되었다. 개 외에 고양이, 말, 원숭이, 닭, 서커스 사자 등 여러 동물이 이곳에 잠들어 있다. 유명한 할리우드 스타 개 린틴틴, 그리고 일찍이 마흔한 명의 목숨을 구한 뒤 자신은 눈 속에서 죽은 세인트버나드 배리 역시 여기에 묻혀 있다.

우리는 반려견을 열렬히 사랑하며, 우리 생각에 그들이 원하는 것을 전부 준다. 독일인은 550만 마리의 반려견을 위해 매년 10억 유로(약 1조 3,000억 원) 이상을 지출하고

---

9   2019년 현재 한국에는 제대로 된 동물 공동묘지가 없다. 동물 장묘업체에서 운영하는 봉안당이나 수목장지가 전부이다.

있으며 이 금액은 계속 늘어나고 있다. 동물 장례에도 점점 더 많은 돈을 쓰고 있다. 동물 공동묘지에 가면 반려동물을 향한 사랑이 죽음과 함께 끝나지 않음을 볼 수 있다.

반려견이 죽은 후에 장례를 준비하고 화장장을 찾는 것은 매우 힘든 일 중 하나이다. 그리고 만약 모든 것을 빨리 해치우기를 원하며 이것저것 비교하는 데 시간을 들이지 않는다면 비용이 몹시 많이 드는 일이기도 하다. 따라서 반려견이 죽기 한참 전에 미리 알아보는 편이 낫다.

레이디의 상태가 나빠지고 있으며 또 나이를 생각하면 그 아이가 오래지 않아 내 곁을 떠나리라는 것을 깨달았을 때, 나는 레이디가 죽은 후 사체를 어떻게 할지 곰곰이 생각했다. 나는 이미 한 번 동물병원에 개를 두고 올 수밖에 없었던 경험이 있었다. 그 선택지는 이제 내게 고려 대상이 아니었다. 즉, 레이디를 우리 집 마당에 매장할지 아니면 화장할지 선택의 기로에 서 있었다. 그래서 나는 동물 화장장에 서류를 보내달라고 요청했고, 화장을 진지하게 고려했다. 나는 레이디의 유골함을 집으로 가져올 계획이었다. 그러면 이사를 가더라도 늘 데리고 다닐 수 있을 테니까.

하지만 결국 레이디를 우리 집 마당에 매장하기로 결정했다. 언젠가 집을 팔아야 하는 상황이 생긴다면 새 주인에게 마당의 유골을 남기게 된다는 것을 잘 알면서도 그랬다.

나는 레이디를 이 과정에 참여시키고 싶었고 레이디로 하여금 좋아하는 장소를 고르게 했다. 어느 화창한 여름날 나는 레이디와 마당으로 갔다. 앞서 비가 내렸기 때문에 땅이 부드러웠다. 레이디는 볕에 몸을 누이고 내가 자기 무덤을 파는 모습을 지켜보았다. 나는 레이디가 죽고 나면 내게 땅을 팔 경황이 없으리라는 걸 알았다. 또 그때가 겨울일지도 모르고, 그러면 땅이 단단히 얼어 구덩이를 팔 수 없을 터였다. 나는 대비해놓고 싶었다. 구덩이를 판자로 덮어두고 그 위에 흙을 쌓았다. 그리고 예쁜 돌들로 장식했다. 이제 준비가 되었다.

개가 죽기도 전에 무덤을 파다니 무정하다고 여길지도 모르겠다. 그리고 고백건대 나는 '스스로 실현되는 예언'을 생각하고 조금 두려움을 느꼈다. 내가 이렇게 무덤을 팜으로써 레이디의 죽음을 '불러오는' 거라면 어떡하지? 하지만 다른 한편으로는 늙은 개의 현실과 더는 넉넉하지 않은 시간을 고려해야 했다. 여러분은 어떤 식으로든 늘 죽음에 대비하고 제때 정보를 알아두어야 한다. 많은 견주들은 어리고 건강한 반려견이 언젠가는 죽을 수 있다는 사실을 절대 생각조차 하기 싫어한다. 하지만 우리의 개들이(그리고 사람들이) 언제든 우리 곁을 떠날 수 있음을 똑똑히 안다면, 많은 경우 놀랍게도 그들을 전보다 더 많이 사랑한다는 사실을 깨닫게 된다.

그러니 두려워하는 순간이 올 수 있으며, 올 것이라는 점을 분명히 알아두라. 이번 챕터는 여러분이 선택을 내리는 데 도움을 줄 것이다.

수의사에게 맡기기

우선 우리 모두가 가장 탐탁지 않아하지만 때로는 불가피한 '장례' 방식부터 살펴보자. 반려견을 동물병원에 맡기거나 수의사가 반려견을 데려가는 경우가 그것이다.

첫 반려견이 죽었을 때 나는 셋집살이를 하고 있었고 죽은 개를 어디에 묻을 형편이 전혀 안 됐다. 또 당시에는 동물 화장장에서 화장하는 방법이 아직 없었다. 그래서 나는 동물병원에서 개를 안락사시킨 후 그곳에 개를 두고 와야 했다. 스스로 마무리를 지을 수 없었기에 굉장히 힘든 경험이었다.

동물병원에서는 죽은 개를 동물 사체 처리 시설로 보낸다.[10] 죽은 개의 몸은 그곳에서 일단 다른 사체들과 함께 압력으로 살균 처리된다. 이어서 수분이 제거되고 그러면 원래 질량의 3분의 1가량이 남는다. 이 동물 가루는 특수 폐기물로 소각되지, 여전히 퍼져 있는 낭설처럼 비누나 윤활제로 가공되지 않는다.

이러한 작별 방식은 매우 힘들며 죄책감을 동반하는 때가 많다. 그러니 이것 말고는 달리 방법이 없었다면 여러분이 느끼는 작별의 아픔에 비난을 더하지 말고 스스로에게 이렇게 말하길 바란다. 나는 주어진 상황에서 최선을 다했다고.

매장

반려견을 매장하는 방법은 두 가지이다. 본인 소유의

---

10 2019년 현재 한국의 경우 동물병원에서 죽은 반려동물의 사체는 의료폐기물로 분류된다. 동물병원에서 직접 처리하거나 폐기물 처리업체나 시설에 위탁하여 처리한다. 물론 주인이 원하면 사체를 받아 동물 장묘업체에서 장례를 치를 수 있다.

땅에 매장하거나 동물 공동묘지에 매장할 수 있다. 왜냐하면 숲이나 공공 토지에 동물을 매장하는 행위는 금지되기 때문이다.[11]

반려동물을 본인 소유의 땅에 매장하는 일에 관한 법률은 오랜 기간 불명확했다. 예전에는 개나 고양이를 자기 집 마당에 묻는 것이 문제가 되지 않았다. 그러다 2002년에 이른바 '동물 부산물'의 처리를 새로이 규정하고 가정에서 키우는 동물의 매장을 금지하는 EU 법령이 신설되었다. 하지만 2004년에 '아누비스 동물 장묘'[12]가 각 연방주 내각의 지원을 받아 애쓴 결과 법안이 발의되었고 이를 근거로 예외 규정이 공식화되었다.

특정한 전제 조건을 준수하는 경우 자기 집 마당에 반려동물을 묻는 일이 허락된다. 이때 본인 소유의 땅에만

---

11 한국에서는 동물 사체를 임의로 매장하는 행위 자체가 불법이다. 동물병원 외의 장소에서 죽은 동물의 사체는 폐기물관리법에 따라 생활폐기물로 분류되며 쓰레기봉투에 넣어 배출해야 한다. 아니면 동물 장묘업체에 맡겨 화장할 수 있다. 그러나 아직 법과 현실의 차이가 크다. 한국펫사료협회의 '2018 반려동물 보유 현황 및 국민 인식 조사 보고서'에 실린 설문에 따르면 실제 반려견의 사후 처리 방법은 '직접 땅에 묻음'(47.1%), '동물병원에 의뢰하여 처리'(27.9%), '장묘업체 이용'(24.3%) 순으로 나타났다.

12 ANUBIS-Tierbestattungen. 독일의 동물 장묘업체.

매장이 가능하다. 또 수자원 보호 구역, 공공 통행로와 공공장소 바로 근처에는 동물을 매장할 수 없다. 그리고 최소 50센티미터 두께의 흙이 사체를 충분히 덮도록 동물을 묻어야 한다.(2006년 7월 27일 자 동물부산물법령 제27조 제3항)

유골함의 매장에는 아무런 제한이 없다. 견주들은 유골을 집으로 가져와서 유골함에 넣어 봉안하거나 묻을 수 있다.

반려견을 집에 묻을 수 없는 경우에는 공공 동물 묘지에 매장할 수 있다. 독일에는 약 120곳의 공공 동물 묘지가 있다. 그 형태와 위치는 가지각색이다. 어떤 묘지는 관리가 안 된 황폐한 땅에 있고, 어떤 묘지는 매혹적인 풍경과 조화를 이루며 정성스럽게 관리된다.

우리는 다양한 매장 방법을 선택할 수 있다. 동물 묘지에 따라 익명 무덤, 공동 무덤, 배정 무덤,[13] 한 마리용 무덤, 두 마리용 무덤, 세 마리 이상용 무덤 형태로 매장이 가능하다.

---

13 묘들이 죽 줄지어 늘어서 있고 그중 한 자리를 배정받는다. 자리를 임의로 선택할 수 없다.

'어디에 넣어서 묻지?'라는 물음도 골머리를 앓게 할지 모른다. 나는 우리 개를 일부러 담요로만 싸서 묻었다. 레이디의 몸이 다시 자연스럽게 자연으로 되돌아가기를 원했기 때문이다. 그 밖에 목재나 튼튼한 판지로 된 반려견용 관 등 다양하게 선택할 수 있다.

묘 가격은 공동묘지마다 다르다. 따라서 가격을 비교해 볼 것을 권한다. 가령 뮌헨에서는 배정 무덤의 연간 임대료로 100유로(약 13만 원) 이상을 받으며, 함부르크는 60유로(약 8만 원), 크레펠트는 45유로(약 6만 원)이다. 그리고 그레이트데인 같은 대형 종에게는 두 마리용 무덤이 필요하며 그에 따라 비용도 더 많이 발생한다. 예산이 적은 사람을 위해 많은 동물 묘지에서는 야생화 초원과 같은 익명 무덤도 제공한다.

화장

누구나 네 발 달린 친구가 관 속에 든 모습을 보고 싶어하는 것은 아니며, 누구나 다년간 무덤을 관리할 시간과 돈을 가진 것은 아니다. 이 경우 화장이 또 다른 대안이 된다. 독일에서는 1996년이 되어서야 동물을 전문적으로 화장하는 일이 허락되었다. 이전에는 이웃 나라들을 통해 우회하는 방법밖에 없었다. 많은 수의사들이 죽은 반려견을 데려가서 나중에 유골함을 돌려주는 업체들과 협력하고 있다. 물론 자신의 반려견을 독일이나 네덜란드의 화장장으로 직접 데리고 갈 수도 있다.

화장할 때에도 견주는 다시 선택의 고뇌에 빠진다. 자신의 반려견을 단독으로 화장할지 다른 동물들과 같이 화장할지 택할 수 있다. 공동 화장을 택하면 화장 후 반려견의 유골이 화장장 내의 땅에 뿌려진다. 단독 화장을 택하면 반려견의 유골함을 받고, 그것을 다시 동물 묘지에 안장하거나 집으로 가져갈 수 있다.

시대의 흐름에 맞추어 많은 동물 화장장들이 24시간 종합 서비스를 제공하고 있다. 죽은 반려동물 픽업, 유골함 제공, 추모 공간, 작별실, 애도 상담, 심리 상담과 그 밖의 많은 보충 서비스가 서비스 범위에 포함된다.[14]

반려견을 수장해주는 업체도 있다. 함부르크의 한 업체

---

14 농림축산검역본부에서 운영하는 동물보호관리시스템에 따르면 2019년 현재 한국에 등록된 동물 장묘업체는 총 40곳에 불과하다. 그 밖에 많은 무등록 업체들이 영업 중이다. 공공 동물 장묘시설은 아직 없다.

는 훗날 견주가 죽으면 반려견의 유골을 뿌렸던 곳과 똑같은 위치의 바다에 견주의 유골을 뿌려주는 서비스까지도 제공한다.

심지어 열기구를 이용한 '풍장'도 가능하다. 이때 반려견의 유골함은 열기구 바구니에 실려 공중으로 올라간다. 기장이 적절한 구역 위로 열기구를 조종하고 열기구가 적정 높이에 이르면 유골을 바람에 날린다. 견주는 유골이 뿌려진 정확한 좌표가 기록된 증서를 받는다.

화장 시에는 화장 비용, 유골함 비용 그리고 경우에 따라 운반비가 발생한다. 반려동물 장례 회사들은 세라믹, 나무, 유리, 구리 소재 유골함과 장식이 있거나 각인이 들어간 유골함 등 수많은 유골함을 다양하게 제공한다. 유골함을 동물 공동묘지에 안장하려면 추가 비용이 발생한다. 화장 비용은 반려견의 크기와 화장 방식에 따라 다르다. 가격은 15킬로 무게의 반려견을 공동 화장하는 경우 102유로(약 13만 원)부터, 단독 화장하는 경우 180유로(약 23만 원)부터 시작한다. 이 가격에는 대개 간소한 유골함이 포함된다.

그 밖의 장례 방법

인간과 마찬가지로 동물도 냉동시킬 수 있다. 특히 미국에서는 반려동물을 냉동시키는 것이 하나의 유행이다. 이렇게 처리하면 몸이 아주 잘 보존되는 것은 분명하다. 이 방법을 박제와 비슷한 특수 처리와 결합할 수 있다. 그러면 네 발 달린 죽은 친구가 '진짜' 모습을 가지게 된다.

죽은 반려동물의 복제도 이미 실험되었다. 그러나 복제 실험을 실시했던 가장 큰 미국 회사는 그사이 파산하고 말았다.

우리는 이러한 방법들을 지나치게 성급히 비난하거나 '미친 짓'이라 매도해서는 안 된다. 많은 사람들이 죽은 반려동물을 가능한 한 오래 곁에 두고 싶어하니까⋯⋯.

또 한 가지 방법은 반려동물의 유골을 다이아몬드로 바꾸는 것이다. 이 처리 방법은 아직 개발된 지 얼마 안 되었는데, 죽은 반려동물의 유골이나 가죽 일부를 특수하게 처리하여 탄소를 추출한다. 그런 다음 탄소에 높은 압력을 가해서 다이아몬드 원석을 얻고 고객의 희망에 따라 원석을 연마하여 최종 형태를 만든다. 나는 우리 반려동물의 일부를 장신구 형태로 늘 지니는 것은 좋은 아이디어라고 생각한다. 물론 이 방법은 비용이 몹시 많이 들며 우리 중 대부분은 아마 꿈도 꾸지 못할 것이다. 그렇게 만든 다이아몬드의 가격은 캐럿에 따라 다르며 3,000~18,000유로(약 400~2,300만 원)이다.

가상의 동물 묘지

최근 몇 년간 새로운 형식의 '동물 장례'가 점점 더 퍼지고 있다. 가상의 동물 묘지가 그것이다. '실제' 장례의 형식으로 반려동물과 작별하지 못한 사람들이 인터넷을 이용하여 적어도 전자 매체로라도 사랑하는 네 발 달린 친구에게 작별을 고한다. 인터넷 사용자는 사랑하는 반려견이 죽은 후 이곳에 비석을 세울 수 있다.

이메일로 반려동물의 묘비명, 이름, 출생일과 사망일을 보낸다. 하지만 이러한 사망신고는 익명 또는 가명으로도 보낼 수 있으므로 진실성이 의심스러운 경우도 있다.

"내가 널 부를 때면 너는 어느새 준비가 되어 있었지. 너는 절대 편두통을 앓은 적이 없어. 아, 우리의 사랑은 너무도 깊었어. 나는 늘 너를 그리워하고 있어. 내가 네게 준 것을 너는 내게서 받았지. 너는 내 삶의 별. 아, 컴퓨터

속 무덤이 너에게 아늑한 평화를 주기를." 어느 견주가
쓴 글이다.

그리고 '바이에른의 맹견'인 제프는 주인을 향해 외친
다. "친구, 곧 보자고."

7. 추모 의식

레이디의 장례를 치를 때 나는 이집트 전통에 따라 여러 '부장품'을 함께 묻어주었다. 그 후 오랫동안 늘 레이디 사진 곁에 촛불 하나를 켜두었다. 그것은 레이디와 작별하는 데 도움이 되었다.

예로부터 의식은 삶의 위기를 극복할 때 언제나 의미 있고 유용한 수단이다. 여러분의 반려견이 죽기 전에 미리 장례에 대해 생각하라. 반려동물의 장례에 대해 여러분 자신과 비슷한 생각을 가졌고 여러분의 개를 실제로도 좋아했던 가족과 친구들이 있다면 그들이 장례식에 함께하는 것이 좋은 일일 수 있다. 하지만 이러한 예식을 이해하지 못하거나 사랑하는 동물과의 이별을 제대로 인정해주지 않는 사람이 장례식 자리에 있다면 장례식 전체가 방해를 받고 불쾌한 기억으로 남을 수 있다.

우리 모두는 나름의 의식을 통해 작별한다.

나는 1995년부터 옐로스톤에서 늑대들을 관찰해왔으며, 늑대 프로젝트에 자원봉사자로 함께하고 있다. 우리가 제일 사랑하고 경탄하던 암컷 늑대인 42호가 2004년 겨울에 죽었을 때 우리는 다만 녀석이 다른 늑대 무리에게 죽임을 당했다는 것만 알 수 있었다. 우리는 산에서 죽은 녀석의 사체를 헬리콥터로 실어 와 조사를 위해 보냈다. 이후 산맥의 눈이 녹기 시작하던 봄, 자원봉사자 중 몇몇이 이 암컷 늑대와 고별하기 위해 길을 나섰다. 우리는 두 시간 동안 힘겹게 걸은 끝에 스페시먼 리지 정상에 다다랐다. 사방팔방으로 야생화가 피어 있었고 멀리 내다보이는 산들과 국립공원의 경치는 압도적이었다. 죽음의 의식을 치르기에 좋은 곳이었다.

생물학자들의 보고 덕에 우리는 그 녀석이 죽은 위치를 대략 알고 있었다. 우리는 바닥에 동그랗게 둘러앉아 녀석에 대해 이야기하기 시작했다. 우리 모두는 그 암컷 늑대에 대해 각기 추억거리를 가지고 있었다. 그래서 녀석은 우리 각자에게 특별한 존재였다. 눈물이 흐르고 웃음이 터졌다. 끝으로 간단한 기도를 마친 후 녀석이 영원한 사냥터에서 큰 기쁨을 누리기를 기원하고 작별을 고했다. 각자가 돌멩이, 아주 멋진 모양의 뿌리, 깃털 등 자연에서 난 작은 선물을 하나씩 준비했다. 이 의식은 우리 모두의 마음을 대단히 치유해주었다. 또한 우리를 자연은 물론이고 우리 자신에게 더 가까워지게 해주었다.

우리와 함께했던 개에 대한 기억을 변함없이 유지하고 반려견을 기리는 데 도움이 되는 그 밖의 의식들을 아래에 소개한다.

일기 쓰기

특별한 의식 중 하나는 일기를 쓰는 것이다. 일기 쓰기는 죄책감을 극복하는 데도 많은 도움이 될 수 있다. 나는 이미 여러 해 전부터 일기를 쓰고 있다. 레이디를 안락사 시킨 후 나는 오랫동안 죄책감에 시달렸다. 그러던 중 내 일기장을 들여다보았고 예전에 레이디가 얼마나 괴로워했는지, 온갖 치료에도 불구하고 어떤 고통을 겪었는지

떠올릴 수 있었다. 나는 일기장에 모든 것을 꼼꼼하게 적어두었고 그 기록들은 상황을 더 잘 성찰하는 데 도움이 되었다. 나 자신이 느꼈던 아픔도 그곳에 똑똑히 적혀 있었다.

감정들이 너무도 강렬한 나머지 우리는 그것을 절대 잊을 수 없다고 생각한다. 하지만 아픔은 언젠가 줄어든다. 일기 쓰기가 또 다른 부담으로 여겨질지도 모르겠다. 그러나 그것은 끔찍한 동시에 너무도 아름다운 이 시간을 기리는 하나의 방법이다.

일기를 씀으로써 우리 안에서 일어나는 변화를 아주 잘 관찰할 수 있다.

추억 상자

추억 상자를 만들어서 그 안에 반려견의 사진이나 장난감 또는 털을 보관하라. 언젠가 여러분이 준비가 되면 이 상자 역시 땅에 묻을 수 있다.

죽은 반려견에게 보내는 편지

여러분의 반려견에게 편지를 쓰라. 여러분이 반려견을

얼마나 사랑했는지 이야기해주라. 어떻게 반려견을 발견해서 집으로 데려왔는지, 어떤 모험을 함께 겪었는지, 반려견과 함께한 시간이 얼마나 좋았는지 한 번 더 이야기해주라. 평소에 아무에게도 말할 수 없는 모든 이야기를 적으라. 여러분의 아픔을 극복하고 좋은 때만 기억하는 데 도움이 될 것이다.

반려견의 일대기

여러분의 반려견을 아주 특별하게 지속적으로 추억하는 방법은 반려견에 대한 책을 쓰는 것이다. 반려견의 삶에서 있었던 이야기들과 많은 사진들을 담은 일대기를 책으로 만들어보라. 평범한 공책에 모든 것을 적는 식으로 아주 간단히 책을 만들 수 있다. 아니면 제대로 된 사진첩을 주문 제작할 수도 있다. 경우에 따라서는 동물의 일대기를 전문적으로 집필해주는 작가의 도움을 받기도 한다.

8. 아이들을 위로하기

악셀이 죽은 날은 결코 잊지 못할 것이다. 내가 네 살 무렵에 우리는 할아버지, 할머니와 함께 한집에서 살고 있었다. 악셀은 할아버지가 키우던 개였다. 악셀은 너무도 아름다운 어두운색 털과 거대한 귀를 가진 늠름한 셰퍼드였다. 녀석은 내가 조그마한 손가락으로 탐색할 수 있게끔 자주 귀를 내밀어주어야 했다. 하지만 이 네 발 달린 소꿉동무는 너그러이 참아주었다. 악셀은 나를 넘어뜨리지 않으려고 내게서 조금 떨어져 있을 때에야 비로소 고개를 흔들었다. 악셀은 나의 첫 번째 소꿉동무이자 친구였다. 나는 악셀을 열렬히 진심으로 사랑했다. 내가 유모차를 타고 있을 때, 더 커서 정원에 있을 때 악셀이 나를 돌봐주었다. 낯선 이가 다가오면 그 사람 안에 어떤 잠재성이 숨었는지 알려주고 침입자에게는 몹시 짖었다. 그러던 어느 날 악셀이 주둥이에 거품을 물고 경련하며 뜰에 쓰러졌다. 부리나케 수의사가 불려 왔지만 수의사는 주사를 놓아 악셀을 고통에서 해방시켜줄 수밖에 없었다. '독살'이라고 했다. 어느 누군가가 독이 든 고기 조각을 울타리 너머로 던졌고 나의 친구는 인간의 선함을 믿으며 그걸 먹은 것이었다. 반세기 이상이 지난 지금도 나는 죽어가던 개의 모습을 잊을 수가 없다.

반려동물과 함께 성장한 사람은 반려동물의 죽음이 아이에게 얼마나 큰 트라우마가 될 수 있는지 안다. 아이들은 친구 이상의 존재를 잃는다. 많은 경우 아이들은 자신의 사회적 중심점을 잃는다. 반려동물은 위안을 주고 버팀목이 되어준다. 반려동물은 우리가 비밀을 공유하고 마음을 털어놓을 수 있는 신뢰하는 인물이나 다름없다. 반려동물은 어린 시절 우리에게 안정감과 지속성, 보호와 인정, 그리고 무엇보다도 무조건적인 사랑을 제공한다. 동물 친구는 아이가 아무리 못되게 굴어도 늘 아이를 위한다. 반려견은 일종의 형제 역할을 한다. 개를 돌보는 아이는 책임감을 배우고 자의식을 더욱 발전시킨다. 이런 특별한 유대가 죽음에 의해 끊어지면 모든 게 순식간에 달라지고 세상이 멈춘다.

아이들을 돕는 가장 좋은 방법은 죽음을 깊이 다루고, 아이들과 죽음에 대해 이야기하는 것이다. 죽은 존재가 사람이 되었든 동물이 되었든, 간단명료하게 말이다.

하지만 일단 아이들이 이야기하고 질문을 던질 준비가 되어 있어야 한다. 그러니 아이에게 죽음에 대해 이야기해도 된다고, 아직 이야기하고 싶지 않으면 그것도 괜찮다고, 하지만 네가 준비가 되면 언제든 이야기를 들어주겠다는 뜻을 전하라. 아이들은 이야기하고 싶은 때가 되면 우리에게 알린다. 말하고 싶지 않을 때도 마찬가지이다. 그 경우 아이들은 가령 주제를 전환한다든지 밖으로 나간다.

아이들은 우리가 말하는 것을 곧이곧대로 받아들이며, 우리가 답하기 꺼리는 질문을 던지는 데 선수이다. 우리는 스스로도 답을 모르기에, 혹은 질문이 불편하기에, 혹은 아이를 아픔과 슬픔으로부터 보호하기를 원하기에 그러한 질문을 두려워한다.

우리가 아이들을 보호하고 그들이 아파하지 않기를 원하는 것은 아주 당연하다. 하지만 그것은 결국 불가능한 일이다. 탄생과 죽음이 가정 안에서 이루어졌던 옛날에는 아이들이 삶의 자연스러운 과정과 아직 연결되어 있었다. 나는 증조할아버지와 증조할머니의 죽음이 아직도 기억에 선하다. 두 분의 시신은 집 안 관대에 사흘간 안치되어 있었다. 나는 고인을 모신 방에 자주 머물렀다. 친구들, 이웃들, 친척들이 찾아와 작별 인사를 했다. 오늘날 대부분의 사람들은 병원이나 양로원, 요양원에서 죽음을 맞이하며 사망 후 즉시 영안실로 옮겨진다. 그리고 우리의 반려동물은 몰래 동물병원으로 옮겨지고 그러면 수의사가 사체를 처리한다. 따라서 우리는 모든 연결 관계를 상실한다. 죽음에 대한 존중과 경외 또한 잃는다. 우리 아이들에게는 죽음과 애도를 자연스럽게 이해하도록 가르칠 수 있는 체험이 원천적으로 차단되어 있다.

부모들은 자녀들이 슬퍼하지 않기를 원하며 따라서 자신의 감정을 억누른다. 그러나 아이들은 누가 자기한테 무언가를 숨기면 귀신같이 안다. 아이들은 소외감을 느끼며 그러면 죽음이 뭔가 끔찍한 것이고 죽음에 대해 말해

서는 안 된다고 인식하게 된다. 그러므로 솔직한 태도가 훨씬 더 도움이 된다.

최악은 거짓말을 하는 것이다. 아이가 개를 잊기 바라며 "우리 개는 병원에 있어. 곧 돌아올 거야"라고 말하는 것은 신뢰를 깨뜨리는 행위다. 부모와의 관계에 오래도록 문제가 생길 수 있다.

유아만 해도 '살아 있다'와 '살아 있지 않다'라는 개념에 대해 그 나름의 상을 가지고 있다. 하지만 다섯 살 미만 아이들 대부분에게 죽음은 최종적인 것이 아니다. 이 아이들은 죽음을 다시 깨어나는 잠과 비교한다. 이 연령대 아이들에게 시간의 관념은 매우 한정되어 있다. 이들은 죽음이 영구적이며 돌이킬 수 없다고 생각하지 않는다.

어린아이들은 육체적인 사항에 대해 꼬치꼬치 묻기를 좋아한다. "벨로 지금 어디 있어?" 혹은 "땅에 묻혀 있으면 어떻게 밥을 먹어?" 그리고 "언제 다시 깨어나?" 등등.

가능하면 사실만 말해주려고 노력하라. 죽은 동물은 두 번 다시 보지도 듣지도 느끼지도 못한다고 설명하라. 다시 일어나서 삶으로 돌아오지 않는다고 말해주라. 고통을 느끼지 않으며 주위 세계를 느끼지도 못한다고 이야기해주라.

그보다 큰 여섯에서 열 살 정도의 아이들은 죽음을 유령이나 괴물로 여기는 경우가 많다. 이 아이들은 반려견을 죽인 괴물이 자신들도 쫓아오는지 묻는다. 아이들은 이따금 자기가 믿는 것과 실제 현실을 구별하기 어려운 세계에 살고 있으므로 가장 좋은 방법은 직접적이고 구체적인 진술로 죽음이란 주제에 답하는 것이다. 죽음에 대한 현실적인 상은 취학 연령부터 생겨난다. 그때가 되어야 비로소 아이가 상황에 감정을 이입하고 공감할 수 있다. 이제 아이는 죽음이 끝이라는 사실도 받아들인다.

여섯 살 정도 된 아이들은 죽은 사람이 어떻게 되는지에 관심을 가진다. 이들은 일부 구체적인 상상(죽은 사람이 땅 밑에서 관 속에 누워 있다)을 할 수는 있으나 그것을 좀체 감정과 연결 짓지는 못한다. 이 아이들은 어쩌면 반려견이 죽을 때 그 개를 대체할 다른 개를 기대할지도 모른다. 일곱 살이 되면 시간 감각이 더욱 분화된다. 여러 사건과 시간적인 연관 관계를 의식적으로 지각한다. 여덟 살 아이들은 모든 사람이 언젠가 죽을 수밖에 없다는 것을 대부분 인지한다. 이 아이들은 죽음에 많은 관심을 보인다. 아홉 살이 지나면 통상 죽음을 자연현상으로 받아들이며, 자기도 언젠가 죽을 수밖에 없다는 사실을 깨닫는다.

엘리자베스 퀴블러로스는 아이들이 사랑할 수 있을 만큼 충분히 자라면 애도도 할 수 있다는 사실을 경험한 바 있다.

여러분의 아이가 몇 살이든 간에 정직한 태도로 아이를 대하라. 아이가 묻는 것에 세심하게 관심을 기울이라.

아이들이 할 수 있는 질문들

아이들이 가장 많이 하는 질문으로는 가령 이런 게 있다. "우리 개 지금 어디 있어?" "왜 죽은 거야?" "잘 지내고 있어?" "이제 누가 돌봐줘?" "다시 볼 수 있어?" 아이들의 직접적인 질문에 적절히 대답해주는 일은 매우 드물다. 다음은 잘못된 대답의 예다.

• "하느님이 벨로를 너무도 사랑해서 하늘나라로 데려간 거야." 아이는 하느님이 이제 나나 우리 가족도 하늘나라로 데려갈까 궁금해할 것이다.

• "수의사 선생님이 실수를 하는 바람에 벨로가 죽었어." 아이는 사람과 의사 사이에서도 똑같은 일이 일어난다고 믿을 수 있다.

• "벨로는 집을 나갔어." 아이들은 우리가 거짓말을 하면 안다. 아이들은 솔직한 소통으로부터 배제되는 것을 알아채고 무의식중에 죄책감을 느낄 수 있다. 아니면 우리가 진실을 절대로 말해주지 않는다고 믿을 수 있다. 결국 우리의 행동을 통해 아이들에게 거짓말을 가르치는 셈이 된다.

• "벨로는 아파서 죽었어." "벨로는 영원히 잠들었어." 이런 말을 들은 아이는 아플 때나 잠자리에 들 때 불안해할 수 있다. 그럼에도 불구하고 아이에게 개가 아파서 죽었다고 말하는 경우에는 '아프다'고 해서 언제나 죽는 건 아니라는 말도 같이 해주어야 한다. 그러지 않으면 아이는 감기나 질병이라면 죄다 무서워할 수 있다. 우리 모두가 언젠가는 죽을 수밖에 없지만 먼 미래의 일이고 벌써부터 걱정할 필요는 없다는 점을 솔직히 말해줘도 좋다.

솔직한 태도 외에 또 중요한 것은 아이들에게 감정을 표현할 기회를 주는 것이다. 어떤 아이들은 반려동물의 죽음을 금세 이겨내지만, 또 어떤 아이들에게 이 체험은 트라우마를 남긴다. 흔히 아이들의 애도 기간은 성인보다 짧다. 따라서 눈물이 빨리 말랐다가도 가령 아이가 몹시 피곤할 때 느닷없이 다시 눈물이 날 수 있다.

때때로 네 발 달린 친구의 죽음에 대한 감정이 너무도 강렬한 나머지 아이가 자신의 감정을 억압하기도 한다. 그러고나서 오랜 세월이 지나고 아이가 성인이 되어 그 감정을 감당할 수 있을 만큼 충분히 강해졌을 때 비로소 감정이 다시 터져 나오는 경우가 많다.

엘리자베스 퀴블러로스가 세미나에서 자주 들려주는 '검은 토끼' 이야기가 있다. 어린 시절 그녀의 집에서는 토끼 여러 마리를 길렀다. 그녀는 토끼들을 무척 사랑했다. 엘리자베스는 세쌍둥이였는데, 부모님이 자기에게 결코 충분한 시간을 내주지 않으며 토끼들이 그녀를 형제들과 구별할 수 있는 유일한 존재라고 여겼다. 이 어린 소녀가 날이면 날마다 먹이를 주었기에 토끼들은 그녀의 몸짓언어에 아주 확실하게 반응했고, 그래서 그녀를 나머지 두 쌍둥이 형제와 구별할 수 있었던 것이다.

엘리자베스의 아버지는 근검절약이 몸에 밴 사람이었고 6개월마다 토끼들 중 한 마리를 구워서 식탁에 올리라고 했다. 이 아이는 사랑하는 토끼들을 한 마리 한 마리씩 푸줏간에 데려갈 수밖에 없었다. 그러면서도 엘리자베스는 검은 토끼 블래키의 차례가 절대 오지 않도록 신경 썼다. 그리하여 이 토끼는 점점 살이 올랐다. 언제나 먹이를 더 주었기 때문이기도 했다. 그러던 어느 날 아버지가 말했다. 블래키를 푸줏간에 데려갈 때가 되었다고. 좌절한 소녀는 블래키가 도살용 칼에서 벗어나기를 바라며 토끼를 놓아주었다. 그러나 토끼는 엘리자베스에게 몹시 매달렸고 자꾸만 돌아왔다. 결국 소녀는 아버지의 지시에 따라 블래키를 푸줏간에 데려갔고 어머니에게 고기를 가져다주었다. 도살 전에 푸줏간 주인은 블래키를 죽이는 건 차마 못 할 짓이라고 했다. 블래키는 하루 이틀만 있으면 새끼를 낳을 예정이었기 때문이다.

엘리자베스는 너무 큰 상처를 받은 나머지 그 사건에 대한 모든 기억을 수십 년간 억눌렀다. 죽음을 앞둔 사람들을 연구하면서 모든 애도 과정을 거친 후에야 그녀는 스스로가 과거의 일을 부정한다는 것을 깨달았고, 그토록 오랜 세월 묻어두었던 분노를 발산했다. 이 일화는 한 사람이 어린 시절에 겪은 그런 끔찍하고 결정적인 경험들을 극복할 수 있을 뿐 아니라 그 경험들을 좋은 방향으로 전환하여 다른 이들을 도울 수 있다는 것을 증명한다.

다행히도 소수의 아이들만이 그런 둔감한 부모 밑에서 자란다. 하지만 사랑하는 동물이 죽으면 많은 어린이들은 충격, 분노, 부정, 슬픔을 경험한다. 비록 그것을 완전히 이해하지는 못하더라도 말이다. 어린이들은 주기적으로 슬퍼하며, 자신의 감정을 발산해도 괜찮겠다고 느낄 때까지 감정을 억제한다. 그렇기 때문에 많은 아이들은 몇 년이 지나서야 죽음을 극복한다.

아이들이 반려견의 죽음을 극복하도록 돕는 법

• 의식을 거행하라. 아이들과 함께 반려견의 장례식을 계획하라. 유해를 어디에 묻을지 상의하라. 비석을 직접 만들고 무덤을 같이 장식하라.

• 이야기를 읽어주라. 이 주제에 관한 몇 가지 훌륭한 읽을거리를 부록에서 확인할 수 있다.

- 아이들과 시, 이야기, 편지를 써서 반려견의 삶을 기리라.
- 그림이나 포스터를 그리라. 색연필을 사용하면 아주 어린 아이들도 말로는 표현하기 어려운 감정들을 직접 나타낼 수 있다.
- 친척, 교사, 친구들에게 알리고 슬퍼하는 아이를 이해하고 도와달라고 부탁한다.
- 아이가 준비가 되면 남은 사료, 줄, 목걸이, 장난감 또는 담요를 동물 보호소에 기증한다. 다른 동물들에게 그 물건들이 유용하게 쓰이는 모습을 보면 아이에게 좋을 것이다.

몇몇 부모에게는 죽은 개를 곧바로 다른 동물로 대체하고픈 유혹이 클지 모른다. 아이가 아파하는 것을 견딜 수 없기 때문이다. 하지만 대부분의 아이들은 그런 '갑작스러운 일'에 아직 준비가 되어 있지 않다. 아이와 대화를 나누라. 아이는 새 반려동물을 받아들일 때가 언제인지 가장 잘 안다.

반려견의 죽음은 우리 모두에게 슬픈 일이다. 하지만

아직 죽음을 경험하지 않은 아이는 우리를 주시하면서 우리가 이 상황을 어떻게 대하는지 본다. 우리는 아픔 자체에 압도될 때가 매우 많으며 심한 스트레스를 받는 탓에 주변을 챙길 경황이 없다. 그러므로 이 시기에 우리 아이들을 특히 다정하게 대하도록 신경 써야 한다. 부모로서 자녀의 삶에서 권위자 역할을 하며 자동적으로 모범을 보여야 한다. 반려동물의 죽음에 이해와 사랑과 배려로 반응하여 자녀가 여러분을 본보기로 삼도록 하라. 자녀를 현실로부터 보호하려 하지 말고 오히려 여러분의 감정을 아이들과 공유하라. "네 마음 잘 알아. 나도 벨로가 몹시 그리워" 같은 말이 "슬퍼하지 마" 같은 말보다 낫다. **여러분이** 늘 본보기가 되며 아이들이 그에 따라 행동한다는 점을 늘 유념하라. 살면서 혹시라도 동물의 죽음과 관련하여 실수를 범한 적이 있다면 다시는 그런 일이 없도록 하라. 아이들은 미래다. 그리고 우리 스스로가 특정 상황에서 불쾌한 경험을 한 적이 있다면 아이들이 우리보다 더 잘, 더 행복하게 자라나기를 늘 바란다.

9. 다른 개들을 위로하기

우리 모두는 애도하는 동물들의 이야기를 안다. 나는 언젠가 프랑크푸르트의 차가 많이 다니는 다리에서 백조를 본 적이 있다. 백조는 도로 한가운데에서 차에 치인 동료 옆에 버티고 있으면서 조금도 옆으로 물러나지 않았다. 소방대가 와서야 백조를 죽은 동료와 함께 도로에서 치울 수 있었다. 돌고래와 원숭이는 많은 경우 짝이 죽은 후 식음을 전폐하고 뒤따라 죽는다.

과학은 "동물에게는 감정이 없다. 그냥 반사, 반응, 본능만 있을 뿐이다"라며 우리를 설득시키려 오랜 시간 노력해왔다. 최근에 와서야—마크 베코프와 제인 구달 같은 훌륭한 연구자들의 관찰 덕분에—우리는 동물을 키우는 사람들이 한참 전부터 알던 사실을 알게 되었다. 즉, 동물에게는 감정이 있다! 동물들은 기뻐하고 공감하고 놀고 슬퍼한다.

슈테파니는 자신의 반려견인 암캐 릴레모르 이야기를 한다. 릴레모르는 다른 암캐인 마냐가 갑작스레 죽자 끔찍하게 고통스러워하고 우울한 모습을 보였다. 릴레모르는 소파에만 누워 있었고 가장 친한 친구 개와도 놀려 하지 않았다.

동물들은 가까운 다른 동물의 죽음을 어떻게 알까?

과학자들의 설명은 이렇다. 동물에게는 시간 감각이 없다. 이를테면 부모가 먹이를 찾아 나설 때처럼 일시적인 분리는 동물 세계에서 정상적인 일이다. 동물은 자기에게 중요한 생명체의 이미지를 '저장'함으로써 연결 관계를 유지한다. 말하자면 동족의 '모델' 같은 걸 가지고 있는 것이다. 만일 내부의 모델과 현실이 다르면, 다시 말해 동료가 더 이상 움직이지 않고 평소처럼 반응하지 않으면 동물은 감정적인 반응과 스트레스를 경험한다.

반면 내가 직접 관찰하고 전 세계 수많은 동물 애호가

들이 관찰한 바에 따르면 동물들은 아주 다양한 방식으로 제각기 죽음을 슬퍼한다. 과학자들의 주장대로 고등한 동물일수록 실제로 더 많이 애도할까, 나는 감히 의심을 품는다. 우리는 동식물의 감정생활을 이제 막 발견하기 시작했다. 이 주제에서 대부분의 생물학자들은 곤충보다 포유류를 연구하는 데 확실히 더 매력을 느끼고 있다. 곤충들이 죽은 동족 위로 넘어가거나 심지어 죽은 동족을 먹어치우는 반면 포유류는 죽은 동료를 애도한다는 주장은 내가 볼 때 너무 단순한 생각이며, 지나친 일반화이다. 어쩌면 언젠가 과학자들이 이른바 '하등' 생물의 감정을 더 깊이 있게 연구하고 그 연구 결과로 우리 모두를 아연실색하게 할지 모른다.

나는 옐로스톤에서 늑대를 연구하는 과정에서 들소도 관찰했다. 들소들은 죽은 동족, 특히 죽은 송아지를 깊이 애도한다. 들소들은 죽은 동족을 코로 툭툭 치고 발로 일으키려 애쓴다. 늑대나 곰이 오면 많은 경우 이들은 죽은 가족 주위로 빙 둘러서서 공격자를 쫓아낸다. 애도는 몇 시간 넘게 이어질 수 있다. 그러고나서 얼마 후 들소들은 포기하고 다시 이동한다. 들소들에게는 죽은 가족이 자신들 곁을 떠났다는 것을 확인하기 위해 일정한 시간이 필요한 것처럼 보인다.

우리의 반려동물도 죽은 동족을 아주 다양하게 애도한다. 여기에는 여러 상황이 영향을 미친다. 물론 동물들이 얼마나 오래 함께 지냈고 얼마나 깊은 관계를 맺었는지가 특히 중요하다.

재닛이 키우던 열한 살 난 암컷 셰퍼드 일제는 암에 걸렸다. 늘 일제를 숭배하던 일곱 살 비글 필립은 일제 곁을 떠나지 않았다. 그러다 일제를 안락사시켜야 하는 날이 왔다. 수의사가 집에 와서 일제를 데려갔다. "우리는 필립을 다른 방에 가둬놓았어요. 필립이 그 상황을 겪지 않게 하려고요." 재닛의 말이다. "그런데 그건 큰 실수였어요. 필립은 자기 여자 친구를 찾아 한참을 돌아다녔고 거의 일년 동안 슬퍼했어요. 자주 일제를 찾으며 울부짖었죠." 필립은 새로운 개가 집에 들어오고나서야 다시 쾌활해졌다.

안톄가 기르는 캐롤라이나도그 제이시는 흰색 셰퍼드인 여자 친구 깁시가 죽었을 때 앞발로 건드려 일으키려고 애썼다. 소용이 없자 제이시는 그냥 깁시가 누운 자리 위에 서 있었다. "적어도 30분은 그러고 있었죠. 완전히 굳은 채로 미동도 없이, 시선은 멍하니 먼 곳을 향한 채였어요." 안테의 이야기이다.

이때 개의 애도는 분명 사람의 애도와 구별되지 않는다. 개들은 각자 나름대로 죽음을 슬퍼한다. 경우에 따라서는 심한 반응이 나타날 수도 있다. 식욕 부진, 공격성, 은둔 경향이나 알레르기, 시력 감퇴, 위궤양 등 실제 신체적 질병이 그 예이다. 그리고 어떤 개들은 우리가 위로하려 해도 소용이 없고 상심해서 죽기도 한다. 이 경우 우리는 그것이 반려견의 결정이라는 점을 받아들이고 사랑하는 마음으로 개를 보내주어야 한다.

남겨진 개의 애도를 어떻게 도울 수 있을까?

• 일상의 루틴을 바꾸지 말라. 모든 것을 가급적 정상적으로 유지하려고 노력하라.

• 특별히 관심을 줌으로써 우울이나 공격성 같은 극단적인 태도를 **강화시키지 않도록** 꼭 조심하라. 그러지 않으면 개는 '내가 진짜 슬픈 눈으로 바라보면 간식을 얻거나 소파에 올라갈 수 있구나' 하고 금방 배운다. 그러니 개와 함께 놀거나 산책하거나 활동할 때 너무 많

은 관심과 사랑을 쏟지 말라.

• 남겨진 개가 자기 나름의 방식으로, 자기 나름의 시간 틀 안에서 애도할 수 있도록 충분한 시간을 주라.

• 집에서 여러 마리의 개를 키우는 경우 그중 누가 주도권을 가질지 자기들끼리 결정하게 놔두라.

안락사시키는 자리에 다른 반려견이 함께 있어야 할까?

오직 여러분만이 이 질문에 답할 수 있다. 키우는 반려견들을 가장 잘 아는 사람은 여러분 자신이니까. 사랑하는 사람들이 죽을 때 내가 몸소 겪은 경험과, 여러 마리 개를 기르는 친구들의 경험으로부터 배운 사실은 작별할 시간과 기회가 있으면 죽음을 더 잘 극복할 수 있다는 것이다. 동물들도 마찬가지다. 친구가 죽는 모습을 보면 도움이 되는 것 같다. 동물들은 우리 인간들보다 외적인 일에 시간을 덜 빼앗긴다. 동물들은 죽음을 더 깊이 있고 직감적으로 대하며 영혼이 육체를 떠나는 것을 느끼는 듯 보인다. 따라서 나라면 내 반려견들이 다른 친구가 죽는 자리에 함께하도록 하겠다.

갑작스럽게 사고로 죽거나 사라진 경우 어떻게 할까?

남은 반려견들이 있는 자리에서 무슨 일이 일어났고 죽은 개의 영혼이 어떻게 몸을 떠나는지 시각화해서 보여주면 도움이 될 수 있다고 생각한다. 마치 친족을 사별한 사람과 이야기하듯 여러분의 남은 반려견과 대화를 나누라. 모두가 함께 보낸 행복했던 시간들에 대해 이야기해주라. 그러면 적어도 여러분의 기분은 나아질 것이다.

10. 개들도 하늘나라에 갈까?

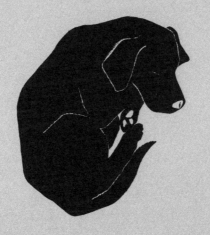

감사하게도 나는 가족과 친지들, 그리고 동물들이 삶에서 죽음으로 '건너가는' 자리에 여러 번 함께할 수 있었다. 두려워하지 않고 열린 마음으로 그런 경험을 한 사람은 죽음의 순간에 만물을 아우르는 사랑과 커다란 평화가 함께함을 느낄 것이다. 따라서 나는 동물이 죽은 후 어디로 갈까 하는 의문을 품은 적이 단 한 번도 없다. 나는 동물들에게도 죽음 이후의 삶이 있다고 확신한다.

동물들도 하늘나라에 갈까? 동물들에게도 영혼이 있을까? 이런 질문을 두고 사람들은 수천 년 전부터 논의를 벌여왔다.

암컷 고릴라 코코에게 수화를 가르치고나서 물었다.

"고릴라는 죽으면 어디로 가지?" 코코는 몸짓으로 '편안하다', '지옥'(코코는 바닥에 지옥을 나타내는 표시를 그렸다), '안녕'(코코는 마치 누군가에게 작별의 입맞춤을 보내려는 양 손가락으로 입술을 건드렸다)이라고 답했다. 사육사는 이 대답으로부터 다른 종들도 이 세상 저편에 대해 생각한다고 결론을 내렸다.

인간 그리고 다른 생명체들이 죽으면 어떻게 되는가는 신앙의 영역에 해당하는 물음이다. 모든 사람은 이 물음에 각자 다르게 대답할 수 있다. 개인적으로 나는 '동물 금지' 표지판이 달린 '천국'은 상상할 수 없다. 많은 종교에서 이미 이 주제에 대해 숙고했다.

개의 죽음에 대한 여러 종교의 입장

많은 동양 종교에서는 환생이나 윤회를 믿는다. 영혼이 동물에서 인간으로, 그리고 다시 동물로 옮겨 간다. **불교와 힌두교**는 동식물에도 영혼이 있다고 말한다. 그리고 붓다는 전생에 이미 코끼리, 개, 영양, 원숭이, 타조와 그밖의 수많은 피조물로 살았다고 한다. **유대교**에서는 개인보다는 공동체 차원에서 구원을 본다. 하지만 히브리 문

헌을 보면 신의 은총이 모든 생명체에 닿는다고 언급하는 구절이 숱하다. 메시아적 비전인 **샬롬**은 근원적 합일 속에서 다시 창조되는 세계, 사자와 양이 함께 눕고 조그만 아이가 그들을 인도하는 세계이다. **이슬람교**는 신의 창조에서 본래의 목적은 인간이라고 본다. 알라는 오로지 인간을 위해 동물들을 만들었다. 동물은 인간에게 식량과 옷을 제공하고 인간의 짐을 나르고 그 밖의 여러 봉사를 해야 한다. **기독교**는 일반적으로 인간 이외의 다른 생명체에게 죽음 이후의 삶이 있다는 믿음을 거부한다. 물론 몇몇 반대하는 목소리들이 있기는 하다. 가령 감리교의 창립자인 존 웨슬리는 자기 말들을 천국에서 다시 만날 거라고 확신했다.

새로운 '**동물의 영성**' 그리고 동물 윤리에 관한 인식 전환은 최근 들어 점점 더 발전하고 있다. 오늘날 거의 모든 신앙적 경향은 다시금 종교적 차원에서 동물을 의식하고 있다. 많은 경우에는 심지어 동물 예배와 동물 축원의 형식으로 동물을 제단 앞에 세우고 있다. 단체 '교회와 동물 행동(Aktion Kirche und Tiere, AKUT)'은 교회 안에서 동물들에게도 자리를 마련해주려고 온 힘을 다하고 있다.

"동물들에게 물어보라. 그것들이 네게 가르치리라."(욥기 12장) 울리히 자이델 목사가 2006년 10월 22일 비텐베르크에서 열린 '교회와 동물 행동' 집담회의 종료 예배에서 한 설교의 주제이다. 이 설교에서 자이델 목사는 동물이 언급되는 많은 성경 구절을 지적했다. 그에 따르면 성경 전체 분량 가운데 약 4분의 1이 동물 피조물에 할애되어 있다. "성경이 오직 인간만을 위한 책이라고, 즉 유일하게 읽고 쓰고 생각할 수 있는 혹은 적분에 통달한 존재만을 위한 책이라고 믿는 건 우리의 전통적인 해석일 따름입니다……." 자이델 목사는 자신을 '만물의 영장'으로 여기고 그 증거로 성경을 인용하는 인간들을 맹렬하게 비난한다. "설교자 솔로몬은 묻습니다. 동물들의 영혼이 아래로 갈지 아니면 위로 갈지 우리가 정확히 알기나 하느냐고요." 자이델 목사의 대답이다. "그것을 결정하는 건 우리 일이 아닙니다. 우리의 기원이 되는 존재이자 우리 이전에 있던 존재들, 즉 우리의 형제 피조물들을 위한 자리가 하느님 세계에 없어서야 쓰겠습니까?!" 성직자이자 생물학자인 라이너 하겐코르트 박사도 같은 생각이다. 그는 뮌스터 대학의 저명한 철학신학학부에 새로 설립한

'신학 동물학 연구소'를 통해 신학에서 동물의 가치를 더욱 인정하고자 한다. 성경은 '개들도 하늘나라에 갈까?'라는 물음에 명확히 답하지 않는다. 늘 그렇듯 성경은 여러 가지 해석의 가능성을 열어두며, 그 해석은 사람들만큼이나 다양하다. 그토록 많은 다양한 견해가 있는데 독단적인 답을 내릴 수는 없는 법이다. 동물들에게 영혼이 있는가, 동물들이 '하늘나라'에 가는가, 이런 물음에 대한 견해는 늘 제각각일 것이다. 그리고 몇몇 이들은 동물에게 영혼이 있으며 그 몸이 죽은 후에도 영혼은 남는다고 확신한다.

무지개다리 너머

폴 미크는 영매이다. 그는 웨일스에서 태어나서 1993년부터 독일에 살고 있다. 미크는 탁월한 투시력과 활동으로 유명하며 독일, 오스트리아, 일본 텔레비전을 통해서도 잘 알려졌다. 내 지인인 리자는 미크가 진행하는 세션에 참여한 적이 있다. 미크는 리자의 죽은 남편과 접촉하고 남편을 정확히 묘사했다. 그리고 남편의 무릎 위에 앉아 있는 작고 하얀 개도. 리자는 완전히 압도되었다.

"그건 부머였어." 그녀가 내게 말했다. 부머는 그녀의 남편이 죽고나서 일 년 뒤 죽었고, 부머와 남편은 늘 아주 가까운 사이였다.

'우먼웹'에 실린 '직접 만나본 영매'라는 글에서 저널리스트 루트 에더는 미크와 만난 일에 대해 썼다. 인터뷰 중에 영매는 자신의 능력을 입증하는 주목할 만한 증거를 보인다. 영매는 에더의 죽은 어머니를 묘사하고나서 이렇게 말한다. "어머님 곁에 개 한 마리가 있네요. 녀석이 짖는 소리가 들립니다. 이제 녀석이 활기차게 당신에게 달려드는군요." 그 개는 저널리스트의 죽은 반려견 폴디였다. 저널리스트는 이것이 동물들에게 영혼이 있다는 결정적인 증거라고 여긴다. 루트 에더는 이렇게 썼다. "동물들이 우리에게 주는 그 모든 사랑을 생각하면 놀라운 일이 아니다."

영매로 일하는 많은 이들이 '저쪽' 세상에 있는 동물들에 대해 보고한다. 또한 어떤 이들은 자신이 밤에 자다가 동물의 발소리를 들었거나 젖은 털 냄새를 맡았다고 이야기한다. 몇몇 사람은 심지어 죽은 반려견의 모습을 눈앞에서 본다. 이러한 체험은 우리가 생각하는 것보다 훨

썬 널리 퍼져 있는 듯하다. 한 애도 연구에 따르면 반려동물을 잃은 사람은 여섯 명 중 한 명꼴로 집에서 죽은 반려동물의 소리를 듣고 그 기적을 느낀다.

이런 현상을 두고 많은 설명이 가능하다. 어쩌면 그저 슬퍼하는 주인이 반려동물의 죽음을 받아들이지 못하는 것인지도 모른다. 그래서 뇌가 장난을 치는 것이다. 멀리서 들려오는 개 짖는 소리가 죽은 친구의 소리처럼 들릴 수 있고, 바람에 날려 문을 긁는 나뭇가지 소리에 사랑하는 반려견이 왔다고 착각할 수 있다. 잠재의식은 창의성이 어마어마하다. 하지만 어쩌면 정말로 영혼이 어찌어찌 우리가 인식할 수 있는 형태로 남아 있는지도 모른다.

우리 중 다수는 언젠가 하늘나라에서 반려동물과 다시 하나가 될 수 있을까 하고 자문한다. 그런데 한 가지 아주 분명한 사실은 우리의 반려견들은 스스로에게 그런 질문을 던지지 않는다는 것이다. 그들은 지금 여기를 살아갈 뿐 다음 주를 생각하지 않는다. 미래의 가능성이나 당위는 중요치 않다. 개들은 '앞으로 무슨 일이 있을까?' 하고 묻지 않는다. 그것은 인간이 하는 질문이며 우리의 슬픔에서 비롯된다. 개인적으로 나는 신이 모든 피조물을 돌본다고 굳게 믿는다. 신이 이 세상의 동물들을 위해 무엇을 계획했는지 나는 모른다. 그러므로 내가 '죽으면 우리 개를 다시 볼 수 있을까?' 하고 물을 때 나 자신을 위해 묻는 것이며, 슬프기 때문에 묻는 것이다. 나의 상실이 단지 일시적일 뿐인지 혹은 영원히 지속될 것인지 알고 싶어서 묻는 것이다.

그럼 개들도 하늘나라에 갈까? 이 물음에 대해 모든 사람이 동의하는 '정답'은 없다. 우리 각자는 자기만의 답을 찾아야 하며 그러기 위해서 어느 종교의 견해를 자신의 견해로 삼을 필요는 없다. 우리가 무엇을 믿을지, 무엇이 우리에게 위로가 되는지는 스스로가 결정할 수 있다.

우리가 반려견을 사랑하듯 반려견 역시 우리를 사랑한다고 받아들일 수 있다면 답은 아주 간단하다. 우리가 인간을 위한 하늘나라가 있다고 믿는다면, 우리의 충실한 네 발 달린 친구들 또한 그곳에 있으면서 우리가 저세상으로 갈 때 우리를 기다릴 게 틀림없다. 하늘나라는 사랑이다. 우리는 그것을 우리의 반려견과 공유한다.

다음은 미국에서 유래한 무지개다리 이야기이다.

하늘과 땅을 잇는 다리가 하나 있다. 다채로운 색깔 때문에 사람들은 이 다리를 무지개다리라 부른다. 다리 저편에는 초원과 언덕과 싱싱하고 푸르른 풀밭이 있는 땅이 있다. 사랑하는 동물이 지상에서 영원히 잠들면 이 동물은 굉장히 아름다운 그곳으로 간다. 그곳에는 늘 먹을 것과 마실 것이 있고 날씨가 봄처럼 따뜻하고 좋다. 늙고 병든 동물들은 다시 젊고 건강해진다. 동물들은 온종일 함께 논다. 외로움을 느낄 겨를이 없다. 동물들은 당신을 그리워한다. 하지만 그들은 몹시 지혜롭기에 지금 상태가 곧 달라질 거라고 믿는다. 그리고 즐겁게 지내면서 확신에 차 그때를 기다린다. 그렇게 매일매일 함께 달리고 놀던 어느 날 갑자기 동물들 중 하나가 멈춰 서더니 위를 쳐다본다. 코가 벌름대고 귀가 서고 눈이 몹시 커진다! 돌연 무리에서 뛰쳐나와 푸른 풀밭 위를 나는 듯이 질주한다. 내딛는 발이 점점 빨라진다. 그 아이가 당신을 본 것이다.

그러다 당신과 당신의 특별한 친구가 만나면 당신은 그 아이를 품속에 받아들여 꼭 끌어안는다. 당신의 얼굴은 계속해서 키스 세례를 받는다. 그리고 당신은 아주 오래전에 당신의 삶에서 사라져버렸지만 결코 마음속에서 사라지지는 않았던 사랑하는 동물의 눈을 마침내 행복하게

들여다본다. 당신과 당신의 친구는 이제 모든 게 잘되었다는 것을 안다. 곧이어 당신과 당신의 친구는 함께 무지개다리를 건너고, 앞으로 두 번 다시 헤어지지 않을 것이다……

11. 새로운 시작

"무슨 일이 있어도 안 돼!" 나는 전화기에 대고 크게 외쳤다. "절대 안 돼! 이제 개는 안 키울 거라고!" 친구에게 소리를 질렀다.

그때 내 친구는 나한테 안성맞춤일 거라며 어느 훌륭한 강아지에 대해 이야기했다. 내가 레이디를 묻은 지 고작 다섯 달이 되었을 때였다. 그제야 비로소 나는 여행을 떠나고 나만의 시간을 가지고 싶었다. 하지만 무엇보다도 더는 괴로워하고 싶지 않았다. 더는 개의 죽음을 슬퍼하고 싶지 않았다. 그 통화는 내가 코리나와 나눈 여러 차례의 매우 긴 통화 중 첫 번째였다. 조그만 래브라도 믹스 강아지가 덴마크에 있는 아주 작은 섬에서 태어났다고 했다. 코리나는 견주와 아는 사이였고 물론 강아지의 부모도 알았다. "훌륭한 녀석들이야. 굉장히 쿨하고 침착하고. 그리고 그 새끼는…… 너한테 **안성맞춤이라니까!**"

"안 돼! 더군다나 강아지는 절대 안 돼. 너무 스트레스라고!" 어쩌다보니 나의 방어막에 몇 군데 구멍이 생겼다. '완벽한 개'에 관해서라면 노련한 개 조련사인 이 친구를 내가 신뢰할 수 있다는 것을 알았다. 하지만 지금 벌써 다시 새 반려견을 들인다고?

나는 레이디의 무덤가에 앉아 레이디와 대화를 나눴다. 레이디와 내가 미국에 있는 동물 보호소에서 만나기 전에 나는 전에 키우던 믹스견 클롭스의 죽음을 거의 일 년째 애도하고 있었다. 얼마나 오랜 시간 애도하느냐가 반려견에 대한 우리의 사랑을 보여줄까? 우리가 더 오래 애도할수록 더 많이 사랑하는 걸까? 나는 그렇다고 생각하지 않는다. 오히려 가령 반려견과 어떻게 작별했는가 등 여러 가지 사정이 각자의 애도 기간을 결정한다고 생각한다. 나는 클롭스를 동물병원에서 안락사시키고나서 그곳에 남겨두고 올 수밖에 없었다. 레이디와 작별할 때처럼 충분한 시간을 두고 작별하지 못했다. 세월이 흐르면서 더 노련해지고 더 '현명'해진 나는 레이디의 죽음을 보다 잘 극복할 수 있었다. 물론 여전히 레이디 생각이 많이 나지만. 또 레이디와 내가 키우던 다른 모든 죽은 동물들을 아직도 생각하지만 말이다.

새 반려견을 들이기 적절한 때는 언제일까? 우리가 준비가 되었을 때여야 한다. 나는 반려견이 죽은 후 곧바로 새로운 반려견을 데려오는 것은 좋지 않다고 생각한다. 마치 낡은 신발을 바꾸듯, 그러면서 새 반려견이 예전 반려견과 똑같기를 기대하면서 말이다. 그것은 우리에게도 그렇고 새 반려견에게도 그렇고 좋은 일이 아니다. 모든 개는 각각 유일무이하며 아주 특별한 존재이다. 또한 그렇게 대접받을 자격이 있다.

정말로 새로운 반려견을 우리 삶에 받아들일 준비가 되어 있어야 한다. 애도 과정을 거친 후에야 비로소 우리는 새 생명체에게 마음을 열 수 있다. 그게 언제일까? 마음의 소리에 귀를 기울이면 알게 될 것이다. 레이디의 무덤가에 앉아 나는 자신에게 물었다. '만일 **내가** 죽었고 레이디가 살아 있다면 어떨까? 그럼 나는 레이디가 다시 행복해지고 새 집을 가지길 바라지 않을까?' 반대의 경우를 생각해도 분명 마찬가지였다. 반려견들은 무조건적인 사랑의 화신이다. 그들은 우리가 슬퍼하기를 바라지 않는다. 우리가 새로운 개에게 집을 마련해주는 것은 반려견과 반려견의 삶을 기리는 일이다. 하지만 반려견을 잃은 많이 이들에게 그 체험은 트라우마가 된다. 더는 새 반려견을 키우고 싶어하지 않는다. 그들은 말한다. "또다시 반려견을 잃는 건 견딜 수 없어요."

상실을 대하는 것은 삶에서 우리가 경험하는 가장 어려운 일 중 하나이다. 하지만 인생 여정의 어느 지점에서 우리는 깨닫게 될 것이다. 우리가 애도하는 이 생명체를 우리는 결코 실제로 소유한 적이 없다고. 그리고 이해하게 될 것이다. 우리가 비록 다른 식일지라도 이 생명체와 항상 함께할 거라고. 우리의 경험에 비추어볼 때 개를 사랑하고 사랑하는 개를 잃는 일은, 아예 사랑하지 않는 것보다 낫다. 사랑은 결코 끝나지 않는다! 우리가 다른 생명체를 너무도 사랑한 나머지 그 생명체의 죽음을 깊이 애도한다면 우리 마음속에는 사랑이 아주 많은 것이다. 그리고 이 사랑을 가둬둘 수는 없다. 사랑은 뻗어나가 다른 존재에게 손을 건넨다. 한 사람이 열린 마음으로 자유롭게

베푸는 사랑은 그 사람을 변화시키고 결국 온 우주를 변화시킨다.

우리는 절대로 한 마리 개를 대체할 수는 없다. 그러나 우리 삶의 빈자리를 새로운 삶과 새로운 사랑으로 채우자고 결심할 수 있다. 새로운 반려견을 우리 삶에 들이기로 결심한다면 어느새 딱 맞는 개가 우리를 기다리고 있을 것이다.

8주 된 그레이트데인 새끼 시라를 품에 안았을 때 나는 내가 올바른 결정을 내렸음을 알았다. "두 번 다시 개는 안 키워", "절대 강아지는 안 돼"가 "어쩌면 괜찮을지도"로 바뀌고 결국은 "오케이"가 되었다. 나는 내 결정을 한순간도 후회하지 않았다. 그래, 인정한다. 첫해에는 스트레스를 **많이 받았다.** 이따금 "왜 내가 이런 고생을 사서 하지?"라며 스스로에게 묻기도 했다. 하지만 나는 다른 길이 없다는 것을 근본적으로 알고 있었다. 사랑을 빙 돌아가는 길은 없다. 사랑은 애도에서 자라나고 우리를 성장시킨다.

나는 레이디, 클롭스, 악셀과 다른 동물들을 내 삶에 묻었다. 그들에게 가장 아름답고 품격 있는 무덤을 주었다.

이 무덤 속에서 그들은 늘 내 곁에 있을 것이다. 내 마음이라는 무덤에서. 이제 나는 새로운 삶을 살고 새롭게 개를 사랑할 준비가 되었다.

12. 늑대들이 애도할 때

울부짖는 합창 소리가 정적을 깨뜨렸다. 어둠이 빛에 자리를 내주었을 때 수컷 늑대가 숲속 빈터에 나타났다. 회색과 검은색 몸에 주둥이 위와 눈 주위로 검은 줄무늬가 있었다. 녀석은 똑바로 앉아서 고개를 뒤로 젖힌 채 절망에 차 길게 한탄하듯 울었다. 뜨거운 숨이 공기와 만나 얼었고 녀석의 주둥이에 작은 얼음 결정들을 남겼다. 남서쪽으로 약 3킬로미터 떨어진 3,000미터 높이의 스페시먼 리지 정상에서 다른 두 마리 늑대가 흥분해서 울부짖었다. 그 울음소리에 다른 무리가 답했다. 그들의 목소리는 옐로스톤강 부근에 있는 타워 정션 쪽에서 들려왔다.

"오늘 이곳에 세 무리가 있군요." 야생생물학자 릭 매킨타이어가 망원경으로 늑대들을 관찰한 뒤 말했다. "보통은 울부짖는 소리가 이렇게 많이 들리지 않아요. 영역 다툼을 벌이는 걸 수 있어요. 하지만 무슨 일인지 확실히는 모르겠네요." 무슨 일인지는 곧 확실해질 터였다. 늙은 회색 암컷 늑대 신데렐라가 사라진 것이다.

1995년과 1996년에 늑대들이 돌아왔을 때[15] 옐로스톤 국립공원은 이 경계심 많은 동물들을 야생에서 관찰할 수 있는 몇 안 되는 장소 중 한 곳이었다. 그때 이후로 나는 세계에서 가장 오래된 이 국립공원에 해마다 몇 차례 장기간 머무르면서 이 매력적인 동물 종을 관찰하고 옐로스톤 늑대 프로젝트에 함께하고 있다. 공원에 있는 많은 늑대 중 '신데렐라'라는 애칭을 가진 암컷과 그 오랜 짝인 21호, 이 두 마리는 세계적인 명성을 얻었다. 우리는 이 둘을 '할리우드 늑대 커플'이라 불렀다. 왜냐하면 두 늑대와 그 일가인 드루이드 피크 무리를 주인공으로 두 편의 내셔널 지오그래픽 영화가 촬영되었기 때문이다. 그래서 2004년 2월 이 일요일 아침에 들려온 구슬픈 울음

15 옐로스톤 국립공원에서 멸종했던 늑대를 캐나다로부터 '재도입'한 일을 가리킨다.

소리와 신데렐라의 부재는 우리를 불안하게 했다.

아직 새까만 한 살짜리 늑대였을 때부터 나는 신데렐라를 알아왔다. 신데렐라는 재정착한 최초 늑대 떼의 일원이었다. 나중에 신데렐라에게는 '42F'라는 번호가 부여되었는데 이는 전파 목걸이를 찬 42번째 암컷 늑대라는 뜻이었다. 신데렐라는 어미와 두 마리 여자 형제와 함께 옐로스톤 라마 밸리에 있는 늑대 무리의 일원이 되었다. 다양한 종이 살고 있는 라마 밸리는 '미국의 세렝게티'라고도 불린다.

드루이드 무리의 암컷 우두머리였던 여자 형제가 녀석을 거칠게 대했기 때문에 사람들은 신데렐라라는 이름을 붙여주었다. 몬태나주 가디너 출신의 영화 제작자 밥 랜디스는 그 여자 형제가 신데렐라를 공격하는 모습을 내셔널 지오그래픽 다큐멘터리 영화로 촬영한 바 있다.

1999년과 2003년의 다큐멘터리 영화에서 그 공격적인 암컷 우두머리는 자기 형제를 자꾸만 물었고 그러면서 자주 흉터와 피투성이 상처를 남겼다. 이어서 신데렐라의

---

16   늑대는 암컷과 수컷 한 쌍이 무리를 이끈다.

새끼들이 굴에서 사라졌다. 추측건대 신데렐라의 여자 형제가 죽인 것 같았다.

일 년 뒤, 더욱 많은 구타와 또 한 차례의 출산이 지나고 어느 날 지배적 위치에 있는 그 여자 형제가 신데렐라를 찾아갔다. 하지만 이번에는 분노에 찬 격렬한 저항에 부닥쳤다. 신데렐라의 6주 된 새끼들은 살아남았고, 암컷 우두머리는 살아남지 못했다. 신데렐라는 드루이드 무리에서 우두머리 역할을 이어받았다. 녀석은 일곱 마리 새끼를 죽은 형제의 굴로 끌고 갔다. 그곳에는 또 다른 일곱 마리 새끼가 누워 있었다. 신데렐라는 모든 새끼들을 함께 양육했다. 이후로 녀석은 논쟁의 여지가 없이 드루이드 무리의 암컷 우두머리로 남았다.

사라지기 전날에 신데렐라는 라마 밸리 서쪽 가장자리에 있는 얼어붙은 슬루 크리크 근방의 골짜기 바닥에서 오후 햇살을 쬐며 게으르게 여러 시간을 보냈다.

신데렐라는 몸무게가 거의 50킬로로 덩치가 컸다. 그리고 신데렐라의 검은색 털은 나이가 들면서 짝인 21호처럼 회색으로 변했다. 그래서 두 녀석은 무리에서 대부분 검은색이거나 털이 여러 가지 색으로 된 나머지 늑대와 구분되었다.

그날 오후 신데렐라는 늘 그러듯, 여전히 강건한 여덟 살 수컷 우두머리인 21호 옆에 바짝 붙어 누워 있었다. 이 쌍은 사 년 전부터 항상 붙어 다녔다. 맑고 차가운 햇빛 속에서 이따금 서로 몸을 부비거나 상대방의 주둥이를 핥아주었다. 나머지 드루이드 무리, 즉 다 자란 늑대 세 마리와 한 살짜리 늑대 아홉 마리는 근처에서 졸고 있었고 그중 두 마리는 꼬리를 두른 채 몸을 말고 있었다. 그들의 두꺼운 겨울털이 햇빛을 받아 반짝였다. 태양이 이 겨울보다 아름답게 보였던 적은 한 번도 없었다.

이 일요일 아침에 뭔가 문제가 생겼다는 것을 처음으로 알아챈 사람은 옐로스톤 늑대 프로젝트에서 일하는 릭 매킨타이어였다. 그는 스페시먼 리지에서 늑대들이 울부짖는 광경을 보았다. 그 늑대들은 드루이드 무리의 최대 라이벌인 몰리스 무리의 영역 안에 있었다. 나중에 매킨타이어는 약 3킬로미터 떨어진 눈 덮인 낮은 언덕에 있는 드루이드 무리를 관찰했다. 수컷 우두머리인 21호가 울부짖었다. 무리의 다른 늑대들도 그곳에 있었다. 오로지 신데렐라만 없었다. "이런 적은 한 번도 없었어요. 녀석은 늘 무리와 함께였는데." 매킨타이어가 말했다. "21호 곁에는 항상 짝인 신데렐라가 보였는데 말이에요. 녀석은 제 짝한테서 몇 발짝 이상 떨어진 적이 없었죠."

매킨타이어는 신데렐라가 찬 목걸이의 신호를 수신하기 위해 원격 측정 안테나를 이리저리 돌려보았다. 아무 신호도 찾지 못하자 그는 차에 올라탔고 신호가 더 잘 수신되는 엘크 크리크까지 약 11킬로미터를 이동했다. 그곳에서 그는 약한 신호를 감지할 수 있었다. 신호는 스페시먼 리지에서 오는 듯했다.

훌륭한 사냥터가 있는 라마 밸리는 다른 늑대 무리들에게도 흥미를 끌었다. 몰리스 무리는 1995년에 이 골짜기에 정착했으나 일 년 뒤 드루이드 무리에게 쫓겨났다. 몰리스 무리의 늑대들은 2,700미터 고도에 위치한 초지인 펠리컨 밸리로 돌아갔다. 그곳은 겨울에 먹잇감이 적었다. 그래서 몰리스 무리는 기회가 닿을 때마다 라마 밸리를 되찾으려고 시도했다.

월요일 아침에 우리는 신데렐라를 진지하게 걱정했다. 골짜기에 난 길에는 무거운 분위기가 감돌았다. 매킨타이어가 알리기를, 한 연구자가 원격 측정 안테나가 달린 노

란색 단발 항공기인 '늑대 비행기'를 타고 날아갈 거라고
했다. 매킨타이어가 말했다. "신데렐라의 신호를 수신하
려고 노력 중이에요."

매킨타이어는 자신이 신데렐라의 전파 목걸이로부터
'사망 신호'를 수신했다는 사실을 우리에게 이야기하지
않았다. 즉, 신데렐라가 여러 시간 동안 움직이지 않은 것
이다. 그게 반드시 무슨 의미가 있는 것은 아니었다. 종종
목걸이가 그냥 떨어지거나 오류가 나기도 하니까.

하지만 이번에는 오류가 난 게 아니었다. 연구자들은
스페시먼 리지의 높고 바람이 거센 산등성이에서 피투성
이 몸으로 누운 신데렐라를 비행기로부터 발견했다. 늑대
프로젝트의 수장인 더그 스미스가 산을 기어올라 신데렐
라의 사망을 확인했다. 그는 긍정적인 면을 찾으려 애썼
다. "녀석은 공원에서 가장 아름다운 자리에서 죽었어요.
3,000미터가 넘는 높이에 옐로스톤강이 내려다보이는 곳
에서요."

매킨타이어가 우리에게 그 소식을 전해야만 했다. 우리
는 골짜기가 내려다보이는 언덕 위에 모였다. 아주 가까
이에 21호와 드루이드 무리의 모습이 보였다. 그들은 다

시 오후 햇살을 쬐며 졸고 있었다. 매킨타이어는 차분하고 조용한 목소리로 신데렐라가 죽임을 당했다고 이야기했다. "아직 모든 걸 조사 중이지만 추측건대 몰리스 무리가 한 짓 같아요." 우리 중 많은 이가 나지막이 울었다. 그와 동시에 우리는 바로 지금 이 자리에 있어서 기뻤다.

다음 날 아침, 덩치 큰 회색 늑대 21호는 숲속에 있는 굴로 갔다. 신데렐라와 함께 살던 곳이었다. 둘은 함께 스물네 마리의 새끼를 길렀는데 그중 대부분이 그곳에서 태어났다. 드루이드 무리의 수컷 우두머리는 눈 속에 앉아 울부짖었다. 녀석의 낮고 구슬픈 울음소리가 며칠간 라마 밸리를 메웠다. 신데렐라가 죽은 후 며칠 동안 녀석은 짝과 같이 살던 이전 5년보다 더 많이 울부짖었다. 사흘 뒤 매킨타이어가 보고하길 21호는 자기 무리에서 유일하게 다 자란 암컷 늑대와 짝이 되었다고 했다. 드루이드 무리에게 삶은 계속되었다.

고작 반년 후에 21호 늑대 역시 죽었다. 녀석은 어느 날그냥 사라져버렸다. 몇 달 뒤 캐시 크리크 구역에서 녀석의 해골이 발견되었다. 사인은 불명으로 남았다. 어쩌면 노쇠해서 죽었을지도, 어쩌면 사슴을 사냥하려다 심하게 다쳤을지도 모른다. 21호가 사라진 후 무리는 혼란에 빠졌다. 몇 달 사이에 우두머리 둘을 잃었으니까. 늑대들은 또다시 오래도록 울부짖고 구석구석을 찾아다녔다. 그러다 남은 무리에게도 삶은 다시 계속되었고 새로운 우두머리 쌍이 생겼다.

늑대들은 죽음을 애도한다. 나는 지금껏 15년간 야생 늑대를 관찰해온 경험을 통해 한 점 의심 없이 그것을 말할 수 있다. 가까운 존재가 죽거나 사라지면 많은 늑대들은 전형적인 애도 표시를 보이는 것 같다. 그들은 이곳저곳을 수색한다. 흥분해 있으며 일부 공격성을 보인다. 길고 구슬프게 울부짖는다. 하지만 그런 상태가 아주 오래 지속되지는 않으며 다시 자기 삶을 산다. 야생 늑대의 수명은 6년에서 9년으로 우리보다 훨씬 짧다. 늑대들은 1년 혹은 그 이상 죽음을 애도하느라 시간을 '낭비'할 수 없다. 그들은 삶의 자연스러운 리듬을 따라야 하며 사냥하고 먹고 번식하고 가족을 돌봐야 한다. 그들은 자연의 모든 생명체가 하는 일을 한다. 즉, 지금 여기를 즐기며 산다. 오직 우리 인간만이 그런 능력을 상실한 듯 보인다. 우리는 끊임없이 우리의 미래를 생각하거나 과거에 파묻

힌다. 우리가 오늘을 살 수 있다면 얼마나 좋을까. 늑대들은 우리에게 그 점을 가르쳐준다. 뒤로 물러서서 그들을 관찰하자. 그들을 있는 그대로의 모습으로 두고 그들로부터 배우고 그들과 함께 성장하자. 그리고 앞으로 나아갈 때가 되면, 그들이 축복받으며 이 세상을 떠나고 우리가 한층 충만해져서 남는다는 것을 알아두자.

유감스럽게도 우리가 사는 이 세상은 모든 것을 꽉 붙잡고 모든 것에 꼭 매달리라고 가르친다. 그래서 우리는 자꾸만 공허함과 상실을 경험한다. 나는 옐로스톤의 늑대들에게서 많은 것을 배웠다. 가장 많이 배운 점은 바꿀 수 없는 일들을 받아들이는 것, 적응하는 것, 그리고 삶을 아주 풍요롭게 사는 것이다. 매일매일 새롭게.

개의 유언장

인간들은 죽을 때 유언장을 써요. 집과 자신이 가진 모든 것을 사랑하는 이들에게 남겨주기 위해서죠.

만일 글을 쓸 줄 안다면 나도 그런 유언장을 쓰겠어요. 어느 불쌍하고 외롭고 많은 것을 갈망하는 떠돌이 개에게 나의 행복한 집을 남겨주겠어요. 나의 그릇과 나의 포근한 침대와 나의 푹신한 쿠션과 나의 장난감을, 그토록 사랑하는 품과 부드럽게 쓰다듬는 손과 애정 듬뿍 담긴 목소리와 누군가의 마음속에서 내가 차지하던 자리를, 사랑을 남겨주겠어요. 사랑 덕에 나는 최후의 순간에 사랑하는 팔에 안겨 평화롭고 아픔 없이 마지막을 맞을 수 있을 거예요.

언젠가 내가 죽는다면 이런 말은 하지 말아줘요.

"다시는 절대 개를 안 키울 거야. 너무 마음이 아파!"

사랑 못 받는 외로운 개를 하나 찾아 그 애한테 내 자리를 줘요. 그 애가 내 후계자예요.

내가 남기고 가는 사랑이 내가 줄 수 있는 전부예요.

(작자 미상)

추천 도서

어린이를 위한 책

『내 작은 친구 머핀』

울프 닐손 글, 안나클라라 티드홀름 그림, 선우미정 옮김, 느림보, 2003년

머핀이라는 이름의 기니피그에 대한 그림책. 나이 듦과 죽어감, 그리고 슬픔을 어떻게 대할지에 대해 이야기한다. 스웨덴 올해 최고의 아동 도서로 선정. 연령 5~7세.

『이럴 수 있는 거야??!』

페터 쉐소우 글·그림, 한미희 옮김, 비룡소, 2007년

왜 소녀가 커다란 손가방을 들고 생면부지의 사람들에게 화를 내는지 아무도 모른다. 결국 누군가가 용기를 내서 물어본다. 소녀는 엘비스가 죽어 슬프다. 그 '엘비스'가 아니라 카나리아새 말이다. 마침내 엘비스를 위해 엄숙한 장례식이 치러진다. 이제 소녀는 엘비스가 어땠으며 얼마나 아름답게 노래했는지 새 친구들에게 이야기할 수 있다. 아이들을 위로해주는 책이자 시적 감성이 가득한 훌륭한 그림책. 연령 5~6세.

『세상에서 가장 멋진 장례식』

울프 닐손 글, 에바 에릭손 그림, 임정희 옮김, 시공주니어, 2017년

에스테르와 푸테와 '나'는 어느 지루한 날에 장례 회사를 차린다. 이들은 아무도 신경 쓰지 않는 모든 죽은 동물들을 위해 세상에서 가장 멋진 장례식을 치러주려 한다! 연령 5~7세.

'죽음'과 관련한 책

『상실 수업』

엘리자베스 퀴블러로스, 데이비드 케슬러 지음, 김소향 옮김, 인빅투스, 2014년

엘리자베스 퀴블러로스의 모든 저서를 추천한다. 특히 그녀의 마지막 책을 추천하는 바이다.

『티베트의 지혜』

소걀 린포체 지음, 오진탁 옮김, 민음사, 2013년

유명한 『티베트 사자의 서』에 담긴 불교의 가르침을 시대에 맞게 해석한 책이며 임종을 도울 때 꼭 필요한 도움을 준다. '잠자리에서 읽기 좋은' 가벼운 책은 아니지만 죽음과 삶에 대해 더 자세히 알고 싶은 모든 이에게 분명 읽을 만한 가치가 있다.

참고 문헌

Adams Church, J.: Uncommon Friends. New World Library, Novato, CA, 1988.

Beattie, M.: The Grief Club. Hazelden, Center City, MN, 2006.

Clothier, S.: Es würde Knochen vom Himmel regnen. animal learn Verlag, Bernau, 2004.

Eder, R.: Ein Medium zum Anfassen. www.womenweb.de/astrosoul/astro/medium_meek.html.

Holmes T. und Rahe, R.H.: Social Readjustment Scale. www.cop.ufl.edu/safezone/doty/dotyhome/wellness/HolRah.htm.

Hunt, L.: Angel Pawprints. Hyperion, NY, 2000.

Kowalski, G.: Goodbye, friend. Stillpoint Publishing, Walpole, NH, 1997.

Kübler-Ross, E.; Kessler, D.: Dem Leben neu vertrauen. Kreuz Verlag, Stuttgart, 2011.

Kübler-Ross, E.; Kessler, D.: Geborgen im Leben. Kreuz Verlag, Stuttgart, 2003.

Ludwig, C.: Wenn das Haustier stirbt. Egmont vgs, Köln 2001.

Meek, P.: Das Tor zum Himmel ist immer offen. Thanner Verlag, München 2004.

Nuland, S.B.: Wie wir sterben. Kindler Verlag, München 1994.

Pilatus, C.; Reinecke G.: Es ist doch nur ein Hund. Kynos Verlag, Mürlenbach, 2008.

Radinger, E.: Wolfsküsse. Mein Leben unter Wölfen. Rütten & Loening, Berlin 2011.

Radinger, E.: Die Wölfe von Yellowstone. Von Döllen, Worpswede 2004.

Reynolds, R.: Blessing the Bridge. NewSage Press, Troutdale, OR, 2001.

Ringpoche, S.: Das Tibetische Buch vom Leben und vom Sterben. Knaur, 2010.

Schmidt-Roger, H.; Blank S.: Wenn Hunde älter werden. Dorling Kindersley, Starnberg 2006.

Sife, W.: The Loss of a Pet. Howell Book House, NY, 1998.

Weingarten, Williamson: Alte Hunde sind die besten Hunde. Mit einem Anhang zur Pflege und Gesundheit alternder Hunde, edition tieger, Berlin 2009.

개를 잃다 반려동물과 이별할 때 준비해야 하는 것들

Der Verlust eines Hundes

초판 1쇄 발행 2019년 12월 10일
지은이 엘리 H. 라딩어
옮긴이 신동화
일러스트 이윤희
디자인 합정디자인스튜디오
인쇄 스크린그래픽
펴낸곳 한뼘책방
등록 제25100-2016-000066호(2016년 8월 19일)
주소 (03690) 서울시 서대문구 가재울로2안길 29-14
전화 02-6013-0525
팩스 0303-3445-0525
이메일 littlebkshop@gmail.com
인스타그램, 트위터, 페이스북 @littlebkshop
ISBN 979-11-962702-9-2   03850

이 도서의 국립중앙도서관 출판예정도서목록(CIP)은 서지정보유통지원시스템 홈페이지
(http://seoji.nl.go.kr)와 국가자료종합목록시스템(http://www.nl.go.kr/kolisnet)에서 이용
하실 수 있습니다. (CIP제어번호 : CIP2019048127)